———————— 阅读之前 没有真相

午夜文库

繁花将逝

[日] 伽古屋圭市 著
李盈春 译

NEWSTAR PRESS
新星出版社

目 录

1	徒花微笑
9	杜鹃之毒
65	瓜之容颜
117	柚之手
163	蜜柑之籽
205	徒花微笑（承前）

*徒花微笑*①

①徒花，指不结果的花。

终于可以一睹被珍藏了八十多年的他的新作品了。

而且是有可能成为他全新代表作中的杰作。

鸢尾鸫的心头满是期待和兴奋，因此无论是把车停在停车场，一开车门便如暴风骤雨般涌进来的蝉鸣，还是几欲将柏油路面融化的热浪，都只让她在瞬间生出怯意。

鸫拿着用单位打印机打印出来的、标注了目的地的地图，和手机上显示的地图比对。这算是传统还是现代，她自己也不甚清楚，不过这法子是最不会错的。她皱着眉头，把地图转来转去，自己也跟着转来转去。她真的不擅长看地图。

应该是这个方向吧。她总算拿定了主意，迈开步伐，不多时便热得汗流浃背，白衬衫黏在身上。

那是位于群马县前桥市内的住宅区。即便是附近没有徒步可达的车站、遍布着广袤农田的乡下小镇，也照样逃不过这个夏天最毒辣的太阳洗礼。离开犹如森林般的那片树丛后，蝉声渐弱，但当头洒下的阳光依旧炙烤着鸫的全身和地面。柏油路上映着让人联想到南国的浓重黑影，零星有车辆经过的道路对面热气蒸腾。

大约三周前，她担任学艺员[①]的美术馆收到一封邮件，表示"希望捐赠作品"。

美术馆主要收藏某位活跃于大正[②]时代、以美人画开创了一个时代的知名画家的画作。那封邮件里要捐赠的，想必也是他的

[①]博物馆或美术馆里专门负责藏品收集、保管、展示等的专业人员。
[②]日本年号，指一九一二至一九二六年。

作品。如果只是鉴定真伪，美术馆通常都会谢绝，但若是捐赠就另当别论了。

近年来无论哪家美术馆都预算吃紧，接受捐赠的情况增多了。不过三周内就前往评估，动作也算相当快了。看了邮件里附上的照片，鸫直觉那是未发现的真品。自然，仅凭照片还不能下定论，但作品本身就是拥有那般魔力。她渴盼着早日一睹为快。

走完馆里烦琐的流程，安排评估的时间，今天终于可以直接去对方家中看画了。

吸了汗的手帕已经开始湿漉漉的时候，鸫终于抵达了清水家。她一边心想谢天谢地没迷路，一边打量着这栋称为"公馆"也不过分的宅院。

这是栋古老的日式平房，矮树篱笆的另一边，可以看到白色石灰外墙的仓库。不过年深日久，墙壁已经发灰。穿过那道小巧的、带有屋顶的院门，鸫按下玄关的门铃。一位五十岁左右的丰腴妇人出现，得知鸫的来意，立即将她引到面向庭院的房间。

屋外有呈钩形的窄廊，风徐徐吹过。虽然没有观光景点的日本庭园那种幽雅的韵味，但隔着窄廊看到的朴素庭院里的绿意，确实带来了凉爽，她感到汗水正舒畅地退去。屋檐下悬挂的风铃的铃声和青草的气息让她心情趋于宁静。连妇人送上的麦茶里冰块撞击的声响，都透着与自己家中不同的风雅。

借着自然的凉意与冰冷的麦茶，身体的燥热逐渐平复时，约好的人出现了。

那是这个家的主人，画作的所有者清水万寿夫。他看上去年逾七旬，在妇人的陪伴下缓步走进房间。鸫正欲起身，他以手势制止。

"这么热的天，还要特地跑一趟这种乡下，真是辛苦您了。"

与脚步声相反，他的声音沉稳有力，看得出精神颇为矍铄。

"哪里，也不是很远。"

见万寿夫在无腿靠椅上落座，妇人轻轻点头致意后便离去了。

隔着矮桌与鸫相对而坐的老人，脸上露出满足而爽朗的笑容。礼节性地简单寒暄几句后，他立刻切入正题。

"闲话多说无益，不如这就来看画吧？"

"是啊，多谢您了。"

"应该很快就会送过来。"

话音刚落，妇人便再度出现，双手捧着一个简朴的画框。看上去长约七十厘米，尺寸当是二十号。

妇人移开麦茶，将画作在矮桌上放定。

鸫早已摘下手表和戒指，利落地戴上白手套。

"那么，容我品鉴。"

一望过去，鸫就被震慑住了。

虽然在电脑显示器上看过图片，但且不说尺寸上的差别，实物拥有的感染力毕竟不同。鸫不觉咽了口唾沫，下一瞬间，她全身都在微微颤抖。

这是幅绢本设色的日本画，画的是一名看似二十余岁女子的全身像。没有背景，身穿和服、坐姿慵懒的女子凝视着观众。和服几乎纯白，仅衣摆微微染了颜色，女子的肌肤也白到透明。画作整体缺乏色彩，在他的作品里是罕有的朴实无华，但女子的存在感却非同寻常，用一句话来形容就是：

美得不可方物。

虽然如此澄澈透明，但并非女神般无条件的美。女子充满悖德感，那双眼眸里蕴含着仿佛能窥视人心的狡黠，却又不是恶女。从她满足的笑容里可以感受到慈爱，似是娼妓，又似是贵妇。女子拥有的与生俱来的美复杂地交织在一起，散发出难以名状的氛围。

不过，鸫觉得这种自作聪明的分析毫无意义。她甚至觉得，应该停止思考，纯粹地欣赏女子的美。这幅画就是如此有魅力。

"据说……"

万寿夫的声音响起，将深陷在白衣女子美貌中的鸫惊醒过来。

"这是家母由起子的母亲——也就是我外婆的画像。"

鸫将视线从画中女子身上移开，望向眼前的老人。仅仅这样一个动作，都需要极大的意志力。她感到自己的呼吸有些紊乱。

"这幅画是他亲手交给令堂的吧？"

此前的邮件往来中，她只听对方提过，这幅画是画家本人送给其亡母的。

"是的。家母和他交情深厚，还亲切地叫他'茂次郎'。这是他过世前一年突然送过来的，说是'终于能画出来了'。"

他在昭和九年（一九三四年）、四十九岁时去世，前一年也就是昭和八年。鸫端正了坐姿。

"顺带问一句，令堂——由起子女士是何时仙逝的？"

"那是约在二十年前。"

"由起子女士向您提及的关于这幅画的事，可否尽量详细地告知我呢？无论多琐碎都可以。"

这幅画是在怎样的情形下创作出来，交给万寿夫的母亲由起子的？不只是作为在美术馆任职的学艺员，作为一个热爱他作品的人，鸫对此产生了纯粹的兴趣。

说罢，宛如受到诱惑一般，鸫再次垂下视线，被矮桌上嫣然微笑的白衣女子深深吸引。

那双眼眸深不见底，望向无垠的彼方。她仿佛听到了女子含笑的语声。世界如同女子的和服般，如同女子的肌肤般，逐渐发白、模糊。

鸫的意识陡然恍惚起来。

杜鹃之毒

——杜鹃的花蜜有毒哟。

听到这句话时的惊异，苗代千佐至今仍清晰地记得。她悄悄将手伸向路旁淡红色的花瓣。

儿时每次见到杜鹃盛开，就有一种误入童话王国般的兴奋感。千佐比其他孩子更爱吸吮杜鹃的花蜜，甘甜中混杂着青草的淡淡苦涩，明明家里的西式点心比这美味好几倍，不知为何，她却对那带着青草气味的甜美情有独钟。

——杜鹃的花蜜有毒哟。

在女子学校的校园里，宛如坦白秘密般说出这句话的她，眼里闪着促狭的光彩。她比千佐年长一岁，读书时代与千佐结有Ｓ关系[①]。虽然有毒的杜鹃只限于部分品种，但千佐记得听到这句话时，自己顿觉豁然开朗。原来如此。正因如此，自己才会一直如此寻求杜鹃。同样身具毒性，所以有亲近感，抑或期待有朝一日会中毒。

虽然童稚时代对这些尚未了然，但她也隐约觉出自己对家人有毒。倘若彼时便死了，就不会把不幸散播到周遭了吧。

明知只是胡思乱想，但从那以后，每年杜鹃花开的时节，这样的想法便总在千佐的脑海里挥之不去。

千佐不自觉地伸出手，正要折花时，察觉到视线在盯着自己，抬起头。

在竹墙成排的路旁，围墙与对面树木阴影的笼罩下，一名

[①] Sister 的隐语，主要指战前日本女学生之间超越友情的亲密关系。

三十五六岁的男子交抱双臂，漫不经心地站着，视线黏在千佐身上。千佐并未打算吸吮花蜜，但一想到男人可能会这般猜测，便羞得脸颊绯红。她轻轻点头致意后，低着头从男人身旁经过。无论如何，三十岁的女人还在路边摘花，委实不像话。

她快步走过那条仿佛象征着旧都凋零的、沉入阴影的道路。仅是这个举动就让她微微渗出了汗水。

尽管已经有所耳闻，盆地特有的彻骨寒意还是超出想象。那般严酷的冬天已经结束了，京都的街道终于也洋溢着春意盎然的温暖。尤其今天的天气，更是恍如越过春天到了初夏。千佐心想或许穿单衣就够了，穿过纵横交错的小路回到家，打开长屋的拉门。

那是栋窄小而寒酸的屋子，只有两间房和一间简陋的厨房。

"我回来了。"

千佐将买来的东西放下的同时，隔着纸拉门，从里面的房间传出一声"欢迎回来"。她取出晚餐的食材，不觉叹了口气。

"味噌又涨价了。"

这不是有心搭话，而是脱口而出的抱怨。

不只是味噌，也不只是食品，包括日用百货在内的物价两年来涨幅惊人。连不大看报纸的千佐也晓得缘由。三年前欧洲大战[①]爆发，各种物资需求涌向日本，这个国家因此呈现出前所未有的繁荣。一大批暴发户应运而生，令人振奋的故事遍地流传。受经济繁荣和需求增加的影响，国内物价必然持续上涨。然而对千佐这样的受雇者来说，薪水并没有增加到与物价上涨相当的水平，生活日益艰难。据说之前俄国民众发动了大规模的革

---

①指一九一四至一九一八年的第一次世界大战。

命,她觉得这样下去,日本也有可能发生暴动。

纸拉门内侧传来低微的声音。

"一直、辛苦你,对不起……"

"不是——"千佐慌忙打断对方道歉的话,"我不是这个意思。"

她维持着跪坐的姿势,悄然打开纸拉门。在洒进来的光线映照下,躺在被褥上的人静静地露出面容,宛如自夜晚的波浪间浮出。那是大半边都被烧伤的丑陋脸庞。

千佐早已看惯了这张脸,不再逃避似的移开视线。溃烂的皮肤上,只有眼珠还保留着原本的美,在微暗中浮现。

"没事的,不用担心,我会想办法。"

也唯有想办法了——她咽下了这句话。

那双还残留着冬日的阴郁,如同深洞般看不出感情的眼眸,像试探决心似的凝视着千佐。她没有畏缩,温柔微笑着回望。这种自然的微笑,如今也已完全得心应手。

门外孩子们奔跑嬉闹的声音,不合时宜地从两人中间飘过。她期待那天真无邪的声音能一扫压抑的氛围,但并没有多少效果。

从初次相遇那日起,千佐就无法爱上丈夫八十八。

结为夫妇四年后,八十八身体垮了,千佐必须独自撑持家计。就在这时,她遇到了柳井。

丈夫病情缠绵,千佐迫切需要找工作。此前她没有工作经验,内心很是惶惶不安。千佐的父母经商,她在相当优裕的家庭长大,虽然称不上富豪,但也不拮据,还能上当时尚未普及的女子学校。她从未想过自己要出去工作。

然而受日俄战争后不景气的影响,抑或是跟不上时代的变化,千佐结婚之际,娘家的生意已走了下坡路。之后父亲因意外去世,兄长继承家业时欠下一大笔债,至今仍未偿清。

丈夫八十八家情况也类似,少年时他的家境颇为殷实,他也一路念到初中毕业,但后来同千佐家一样没落了。确切地说,夫家比千佐家更惨,如今已是亲戚四散,不再往来。

因为双方家庭都无可依恃,夫妻俩的生活费用须得自行筹措。然而千佐不晓得该怎样找工作,身体也不算结实。她自觉干不了女工或接线员,以年纪来说,有没有人肯雇她也值得怀疑。女招待的差事同样如此。

就在这时,通过朋友的介绍,她认识了正好在寻人手的老板。那是一间旧衣店的店主,原先是他夫人负责看店,但前些日子染上痢疾亡故了。年逾五十的店主腰不好,无论如何都需要人手。这是份女人也能胜任的工作,虽然需要些记性,但并不要求特别的技能。千佐生长在商人家庭,看也看惯了父母工作的样子,自忖若是服务业自己应该还做得来,加上别无去处,遂决定接受邀约。

虽然出乎意料有需要体力的一面,但总的来说工作很轻松,相应地,薪水也不高。千佐靠副业补贴不足的部分,在旧衣店做了很久。这固然是因为店主为人和善,更重要的还是服务业很适合她的个性。她不由得再次感叹,自己果然是商人的女儿。

从入读女子学校时起,千佐就是邻里间公认的美人儿。虽说结婚成家后,这样的记忆逐渐淡薄,但自从到店里工作,也有人唤她做招牌姑娘。尽管已非少女的年岁,顾客多少带了些恭维的意思,但确实唤起了她久已淡忘的、自尊心被撩拨的愉悦感受。这让她颇为惊异,自己心里竟然还残存着这种往好了说是青涩,说难听点就是幼稚的感情。无论如何,自从开始工作以来,日子的确过得有滋味、有精神。事到如今她才意识到，自己或许适合做职业女性。若非丈夫生病，她也不会发现这样的自我。讽刺的是，尽管生活艰难，她却隐隐觉得这样也不错。

也有顾客是冲着千佐来的，还有男人露骨地引诱她。但千佐总是小心谨慎地应对，处理得圆滑得体。这与对丈夫的忠诚、道德操守无关，纯粹是不愿与他们深交。

如此这般，千佐在旧衣店工作了一年之际，宛如被秋风吹来般，一位生客翩然而至，那就是柳井。

此人身影映入眼帘的瞬间，她的心顿时紧揪起来，直似回到了女学生的时代，心中笼罩着淡淡的忧伤。柳井有一张瘦削的脸庞，眼睛虽然细长，却不会予人冷漠的印象，反而栖宿着仿佛锁了一泓春水般的温暖。那容颜，那身影，让千佐看得入迷。

柳井说要找八丈绢①，似乎不是自己要，而是受朋友之托来寻觅。千佐比平常更紧张，又打点精神尽心介绍。只是站在对方身旁，心就像少女般怦怦直跳，一时间身体都是轻飘飘的。

柳井买完物事离去，千佐情不自禁地向其背影喊道：

"请务必再次光临，我衷心期待您的到来。"

千佐吐露了心声。她的声音里透着喜悦和焦躁，与店员例行公事的招呼明显不同，包含着深切的感情。不知是否察觉到她的心意，柳井回过头，柔和地微笑："好，一定。"

千佐真切地感觉到，内心深处点燃了久已遗忘的恋情之火。对此她自己也感到惊讶和困惑。

事实上，从那以后柳井不时会来店里看看，两人渐渐熟了，亲近到会很热络地闲聊，千佐也得知柳井是单身。内心涌动的爱

---

①日本伊豆群岛中八丈岛上所产的一种上乘丝绢。

慕之意丝毫没有减弱，她不得不承认自己是动了真情。

自然，她也不是未曾诫过自己，这份感情何其离经叛道。然而如同沐浴在春日气息中的柳树萌出新芽，她无法打消自己对柳井的思念。那是从灵魂深处渗出的本能，根本无从抗拒。

从数年前与八十八定下婚事，初次见面那日到如今，千佐始终无法爱上他。

虽然是唯父母之命而从的婚姻，但千佐丝毫没有反抗的意思，反而抱着期待，决心要和父母选择的对象白头偕老。因此她也曾拼命努力爱上八十八。

共同生活后，她确实产生了感情。八十八生得丑，但并非坏人。他不贪杯、不好赌、不拈花惹草，也不会家暴。他似乎年轻时立志要当和歌诗人，虽然爱认死理，性格有些乖僻，却没有把妻子当奴隶使唤的落后思想。对千佐来说，他绝非令人生厌的男人。

然而，她还是无论如何都无法忍受。八十八晚上在房帏之事上十分缠人，从他白天的模样完全想象不到。那对千佐是纯粹的屈辱，是一味忍耐内心痛苦的时间。她也厌恶这样的自己，却又无能为力。八十八卧病在床后，不再有夫妻生活，成了她艰辛日子中的喜悦。

非但如此，代替丈夫独自撑起家庭的生活，也出乎意料地让千佐感到满足。虽然不知道确切的缘由，但有种奇异的振奋，激起了沉在心底的充实感。

她依旧精心照顾着丈夫，但对柳井的爱恋丝毫不曾淡去。她有种日益强烈的预感，柳井对自己也不是寻常的好感。于是当柳井在打烊前到来时，她鼓起勇气邀对方一起回去。

过了年，季节已入寒冬。

煤气灯的光亮驱散了黑暗，但灯光下的夜路却寒气森森。两人走在路上，呼出的气息化为白雾，遮蔽了视线，每次有马车从旁经过，干燥的动物气味就扑鼻而来。

此前千佐也曾在闲聊中偶尔透露过自己和丈夫的关系，这次她没有用开玩笑的口吻，而是说得磕磕绊绊。她怎样都无法爱上丈夫，即使努力也无济于事。现在丈夫身患重病，生活不能自理，她无人可以依靠，必须自己赚取药费和生活费。说到这里，她出乎意料地并未紧张，告诉柳井从邂逅那一刻起，她便陷入了炽热的爱恋之中。她很恳切地说，她也知道这是不道德的恋情，是不应该发生的，却又无可奈何。

带着令人忘却寒意的微笑，柳井静静地聆听着，而后开口道：
"从初次相遇那天，我就感受到了你的心意。"
柳井说，自己的心意也一般无二。
"我一直告诫自己，绝不能将这份心意表露出来，可是……"
柳井停下脚步，凝视着千佐。此刻已无须多说。

被那双蕴含着阳光的眼眸深深注视，千佐沐浴在人生最大的幸福中。冬日的寒意消散了，煤气灯的灯光宛如祝福般照耀着两人。

此后，两人开始频频秘密幽会。

话虽如此，却也没必要过于警惕。八十八认识的人寥寥，卧病以来几乎无人探望。虽然并非没有共同的熟人，但就算被撞见她和柳井在一起，也总能找到理由，不会有人特地去找八十八告密。

自然，有外人在的时候，两人都严守分寸，以免被人看穿是恋爱关系，见面也主要是在晚上。不过幽会的内容只是看电影、去公园散步、在闹市区闲逛，令人难以想象是不容于世的恋情。之后，通常是去独居的柳井家交欢。谁都没有生疑，没有任何问题，两人纵情享乐，爱意愈深。

千佐向八十八解释说，近来店里生意兴隆，时常要营业到很晚。虽然是拙劣的借口，但他从不与外界接触，无须担心谎言败露。事实上，他看起来也丝毫未曾怀疑。

对千佐来说，和柳井共度的时光无比幸福，仿佛回到了在女子学校读书时，一切都闪闪发亮的时代。她甚至觉得，自己就是为了这一刻才活到今天。

这时候，她还只是与柳井相遇、交谈、确认彼此的爱，并未思考过未来。她自然期盼和柳井长久相守，但没有陷入除掉丈夫的邪念之中。并非她对八十八尚有情分或强自压抑，而是丈夫在她心中已沦为卑微的存在，如同路边的石子般不足道。

就这样，八十八的病情既未好转，亦未恶化，千佐和柳井也持续幽会。千佐人生中最充实的一年过去，冬日结束，街道再次染上报春的粉红色。她和柳井迎来的第二个春天，成了八十八人生最后的季节。

那天，千佐下班后也与柳井约会。正是樱花烂漫盛开的时节，两人奢侈了一回，去以赏花闻名的公园观赏夜樱。见时间已晚，她与柳井在公园分别，踏上归途。

回来打开长屋的门，不知是掉在玄关还是黏在衣服上的樱花花瓣随风而起，仿佛在邀请千佐般飘进室内。

虽说是春天，可太阳一下山，顿觉寒意料峭。千佐微微打了个冷战，慌忙把门关上。

"我回来了。"

她对着纸拉门打招呼，传来嘶哑的回应："啊，你回来啦。"声音异常响亮，听得很清楚。千佐心想，今天八十八状况不错。

"不好意思回来晚了，我这就去做晚饭。"

对千佐而言，现在八十八与其说是丈夫，更像是卧床不起的年迈父亲。她一如往常地放下随身物品，利落地点上煤油灯，正要准备做饭时，八十八的声音传来：

"在那之前，我想跟你谈几句。"

丈夫从未在吃饭前提出要谈谈，他的声音嘶哑却清晰，可以感受到话语背后的苦闷。千佐除了感到稀奇，更暗生警惕，应了声"是"，轻轻打开纸拉门。

灯光照进来，显露出八十八的身影。他没有躺在床上，而是坐起上半身。不知光线是怎么回事，黑暗中，丑陋面孔的中央，只有两颗眼珠映着煤油灯的灯光幽幽浮现，宛如遮在篝火上的鬼脸面具。栖宿着火焰的双眼直勾勾地盯着千佐。

千佐差点儿低声叫出来，好容易才咽回去。

八十八的脸奇异地扭曲着。隔了一会儿，她才意识到他是在笑。

"今天感觉很不错，可能是这一年里最好的。"

"好像是喔，声音听着也有精神。"

"樱花已经开了吧？"八十八咏唱般地问。

"嗯，全都盛开了。不过，差不多要开始凋谢了吧。"

千佐迅速扫视室内，寻找刚才飘进来的樱花花瓣，但没有找到。

"这样啊，今年我也见不着樱花了。"

"明年身体一定会更好，可以到外面走走。"

"你当真这么觉得？"

八十八面带诡异笑容说出的话，听起来并没有威胁的意味，但语气里蕴含的责难和自嘲，让千佐全身蹿过一阵恶寒。

"这叫什么话，大夫不是也说了，总有一天会好起来的。"

"不。"八十八晃晃悠悠地摇着头，"我自己的身体，自己最清楚不过。往后也就这样了，不会变好也不会变坏。"

千佐暗想，这想法又未免乐观了。但她委实说不出口。然而，再次否定也显得虚情假意，她唯有困扰地垂下眉，无力地笑了笑。

"对了，"八十八维持着诡异的笑容说道，"近来千佐特别有活力，我也很高兴。"

"是吗？"

千佐不知该如何回答，别开了视线。八十八下半身盖的被子灰不溜秋，就像用久了的抹布。

"你今天也去见他了吗？"

听到这温和的问话，千佐一时没反应过来，视线不自觉地追逐着灰色棉被上的褶皱。随后她脑海里闪过一丝疑虑，又觉得不可能而打消。她想抬起头直视丈夫的脸，却没能做到，只盯着丈夫格子睡衣的领口，挤出微弱的声音：

"见谁？除了店里的人，我今天没有特意跟熟人见面。"

"要装傻充愣随你，我可是全都知道。"

没有责备的神色，八十八说话的语气与闲聊无异。

"从去年还很冷的时候开始，已经一年多了，你有恋人了吧？"

千佐想不出回话，只能保持沉默，露出僵硬的笑容，缓缓摇头。

"我选择冷眼旁观，是以为你很快便会清醒。若是如此，我绝不会说什么。毕竟我这样的身体，是很亏欠你的。让你吃了那么多苦，却什么都给不了你。"

"不是的……"

千佐好不容易说出的话，渗进充斥着愁云惨雾的幽暗房间里。

"我没有什么恋人，你误会了。"

"你变得精神焕发。"

陡然间，八十八的声音就像堆积在湖沼底部的污泥，散发出黏腻的臭气。

"你当我没发现吗？这一年来，你晚归的日子多了许多，想必时常去见他吧？因为第一次看到你那么有活力。也难怪，你打从一开始就很厌恶我，别说爱我了，都不曾向我敞开过心扉。没办法，谁叫我生得这么丑陋呢。"

"不是的、不是的……"千佐紧闭双眼，在心里不断否定。

"可是——"

八十八诅咒般的话语钻进衣服里，直接拨弄起千佐的肌肤。

"我再丑陋，你再不中意，我也是你的丈夫，你的良人。都过去一年了，你还是丝毫没有省悟到自己的过错，我已经忍无可忍。这种不轨之事没有宽恕的道理，我绝不允许，无论用什么手段都要做个了结。这件事若是传扬出去，你必定会被千夫所指，你和你那男人都将无处容身。"

他的一字一句都渗进千佐的皮肤，化为毒素侵蚀身体。眼前摇摇晃晃，是自己在摇晃，还是地面在摇晃，千佐无从判断。

在焦躁和慌乱之中，有件事还是让她略感安心，那就是丈夫八十八绝对没有掌握她幽会的证据。譬如说，不会是有人目击她和柳井见面，看出两人的关系而向八十八告密。

既然他连时期都说中了，想来确实是从千佐的举止发觉她的私情。她自以为在丈夫面前一如往昔，然而就如他指出的，她洋溢的喜悦被他看穿了。他曾经有志成为和歌诗人，所以对微妙的心境变化也格外敏锐。事到如今她才认识到这一点。

无论如何，即使八十八没有掌握证据，也不可能靠矢口否认搪塞过去。千佐有种预感，如果一味装傻，非但出轨的事实，连他未曾察觉的真相也会暴露。唯有那个秘密，是绝不能被他知晓的。

摇摇欲坠的世界里，千佐一口气理清了思绪。八十八的声音宛如佛堂里飘荡的经文般，在她的耳边回响。

"千佐，你发现没有？你变得有生气，不是从有了心上人开始的，是在更早之前，你开始看护我的时候。你就像是马醉木①的叶子。你可曾发现自己与生俱来的毒性？"

千佐悚然一惊，望向丈夫，只见他扭曲的笑容在晃动。

"你想杀了我吗？可如果杀了我，也是你伤脑筋。你会坠入真正的地狱，所以你没办法杀了我。听好，你到死都是我老婆，到死都要为我工作，为我而活，这是为了彼此好。"

扑通！地板砸出巨响。接着，宛如蛤蟆被压扁的呻吟声，伴随着微弱的震动从手臂间传来。

千佐将八十八推倒在地，双手扼住他的喉咙。

——求求你，去死吧。

她一径地默念着，像在否定他说的话似的，不断扼紧。

虽然无法爱上八十八，但也绝对不讨厌他，所以千佐并无怨恨。当她露出像是哭泣、又像是恳求的丑恶模样掐住丈夫脖子的时候，心里其实很清楚，有错的是自己。

——不过，还是请你去死吧。

如果八十八不死，她和柳井的关系就将终结。好不容易才掌

---

①杜鹃花的一种。

握真正的生存之道，她无论如何也无法忍受失去这一切。

八十八的脸色染上了黑红，挣扎着想扯开掐住脖子的手。但他卧病多时，手臂如同少女般苍白瘦弱，怎样也掰不开千佐倾注了全身力量的手。虽然他看上去很痛苦，但奇怪的是，千佐感觉他的脸上一直浮现着诡异的笑容。

片刻后，八十八的身体变得绵软无力，也不再发出呻吟声。瘀血的脸孔中央，眼球突出，犹如夸张的讽刺画。

对不起，对不起。千佐小声道歉，泪水簌簌而落，发着抖继续掐紧丈夫的脖子。终于八十八昏厥过去，但她依旧一边向丈夫道歉，一边祈盼他去死，力道丝毫没有放松。

千佐清醒过来时，首先感觉到的是散发的恶臭。

在她的手底下，八十八，这个与她结缡数载的男人已经彻底断气了。本就丑陋的脸孔充着血，眼球突出，浮现苦闷的表情，丑怪得全然不似人形。她战战兢兢地松开手，因为用力过度，八十八的脖子扭曲成了诡异的形状。

直到这时，千佐才陡然感到了恐惧，慌忙从他身上跳开。粪尿的臭味扑鼻而来，有那么一瞬间，千佐惶恐地以为是自己失禁了，但旋即醒悟是来自八十八。

仿佛突然被扔进了雪山，她只觉从里到外都冻僵了，身子瑟瑟发抖。为了稍稍缓解颤抖和寒冷，她双手环住自己，抱着膝盖像胎儿般蜷成一团，拼命压抑尖叫的冲动。虽然意识还模糊不清，但内心一隅残存的理性在警告她，不能出声。

去找柳井吧。

千佐立刻得出这个结论。就这样独自抱膝坐下去，只会恐慌不已，什么都想不出来。幸好现在还有市内电车。

一念及此，就像泡进了澡堂温暖的浴池里，颤抖和寒冷顿时减轻了。她想尽快见到柳井，想跟柳井商量，想被柳井紧紧拥抱。

千佐站起身，冷静到自己都觉得不可思议。她迅速检视了衣物有无脏污，小心地避人耳目，悄悄溜出家门。来到大街上，眼前的夜晚一如往常，平静而无趣。方才掐死丈夫的事恍若一场梦。随着情绪恢复稳定，街头安谧的氛围，让她内心隐约的想法浮到了意识表面。

她要将八十八的死隐瞒到底。

她是为了与柳井长相厮守才下了毒手，如果因杀夫而入狱，就毫无意义了。八十八一直卧病在床，两年多来可以说从未外出，即使消失了，也不会有人起疑。只要处理好尸体，谁也不会察觉。

不，有一个人。就是偶尔来为八十八看诊的医生。

只要告诉他，为了疗养他们要搬到远方就行了。甚至真的搬家，住在无人相识的地方会更安全。虽然会失去好不容易熟稔的旧衣店差事，但眼下最要紧的是避免八十八的死曝光。

在车站等待电车时，千佐不住地打着阴暗的算盘。

从天空洒落的月光，苍白地照耀着她冷淡凝视春夜气息、宛如雕像般的身影。

到了杜鹃花开始凋谢，春天的气息日渐浓厚的季节，纵横交错的幽暗街巷也驱走了冬日的阴郁，路边的野猫悠闲地专注舔毛。

白昼长了许多，下班时天色还很明亮。走在回家的路上，千佐的脚步也自然而然地轻快起来，目光被逐渐茂盛的绿意吸引。

所以在十字路口撞上一个男人时，她小小地惊呼一声，收势不住摔倒了。与此同时，大街上响起某种东西碎裂的恼人声音。

"啊，抱歉。"

耳边传来男人的语声，一只手向她伸来。

"你没事吧？有没有受伤？"

千佐跌坐在地，抬头望去。

那是个三十五岁左右、头发乱蓬蓬的男人，不过衣着并不寒酸，一身结城绸①和服颇为雅致，芥黄色腰带上随意地绘着细致的花纹，看起来很气派。他的脸上透着与年龄相称的练达，颇有男子气概，从站姿也能感受到他洋溢的自信。

千佐道了谢，握住他伸出的手。粗大厚实的手掌让她莫名感到害羞，想起已经许久没握过这么有男人味的手了。他用力拉起千佐，又问了一遍："你没受伤吧？"

千佐掸掉身上的灰，确认了一下，只是因为没稳住跌坐在地，并不曾受伤。

"没有。我才应该道歉，都怪我没往前看，走路心不在焉的。"

"哪里，是我不对。不过幸好你没受伤。"

男人说着，视线投向旁边的地面，千佐也跟着望了过去。那里是他掉落的包袱，周遭的地面已染成黑色，浓烈的酒味飘散出来。

"糟糕！"男人登时惊叫一声，蹲下身解开包袱，现出碎裂的酒瓶和一幅挂轴。

"这下惨了。"

---
①日本茨城县结城市出产的高级丝织品。

"对不起，"千佐慌忙道歉，"都怪我。"

"不，这不全是你的错……不过，这下要命了，该怎么办呢？"

"那瓶酒很贵吗？"

"不，酒不值什么，只是挂轴好像沾湿了，须得赶紧擦一擦，寻个地方晾干。"

"啊，那就请移步寒舍吧，就在这附近。"

千佐顺势提议。事实上，她的住处就在眼前。蹲着的男人转头仰望千佐，露出笑意。

"那太好了，我就叨扰了。"

回过头的男人笑容柔和，没有一丝冷酷，然而看到的瞬间，千佐心头掠过辨不出是恐惧还是警惕的不安。但当野猫从旁边跑过去时，那股陡然浮现的不安消失了，仿佛追赶着猫一般，千佐迈开脚步："这边请。"

将萍水相逢的男人带到脏污简陋的长屋，她也觉得不好意思，但她自己有一定责任，总不能坐视不理。

千佐打开玄关的拉门，像刻意强调屋子里头有人似的，大声说道："我回来了。"

"因为一些缘故，我带了客人回来。"

虽然穿结城绸和服的男人颇具君子风范，但让素昧平生的男人进家门，还是小心为妙。有必要让他感觉里面有人。

"是你先生吗？"

男人看着玄关脱鞋处的男式竹皮屐问。八十八死后，这双鞋她一直放在原处没丢，不只是为了不引人怀疑，也是为了让来客在门口就以为这个家里有男人，诸事都可减少危险。

"啊，是的。他可能睡了。我马上拿东西来擦，请随便坐。"

男人走进屋子，在榻榻米上摊开挂轴。千佐将手巾递给他，解释似的说："舍下又小又寒酸，真是不好意思。"

"哪里，只要有能遮风避雨的屋顶，就足够活下去了。"

千佐从碗柜里取出小巧的茶杯，边泡茶边看着他忙活。

男人用手巾轻拍挂轴，吸收沾染的酒，不过只有边缘略微浸湿，损害似乎并不严重。画轴是一幅水墨花鸟画，看上去只是随处可见的寻常画作，但千佐不谙绘画，无从估量这幅画价值几何。

"情况怎么样？"

"嗯，没有想象中严重。这样应该就没问题了。"

"那太好了。我家的情况你也看到了，倘若是很贵重的画，委实无力赔偿。"

"不必担心，这幅画算不上珍贵，我才没有放进木盒就带出门。就算严重受损，也怪我把画和酒放在一起，不会要求赔偿的。"

"感谢不尽，那，至少让我赔酒的钱。"

"真的不用费心。"男人露出顽皮的神色，干脆地拒绝了，"只要能在这里消磨一会儿时间，等到挂轴再干一点就好。"

"当然可以。啊，我泡了茶，请用。"

"谢谢，那我就不客气了。"

男人怡然地啜饮着并不贵的茶。

千佐暗想，真是个奇怪的男人。看起来很温和，但隐约可见骨子里的执拗，待人亲切的背后，也可以感受到隐藏的锐利爪牙。他不像是上班族或生意人，看打扮也不是漂泊不定之人，她觉得他不是坏人，却又全然看不透他的来历，说话也不是关西腔。

不觉天色渐暗，屋子的角落里，浸在暮色中的阴影已变得深浓。千佐慌忙点上灯。由于电灯泡已经普及，原本习以为常的灯火也变得黯然失色，纵然科技进步了，无缘受惠的人只会越发落魄。

千佐点了灯，转眼一看，男人正眯着眼打量室内。虽然装作若无其事的样子，眼眸深处却蕴含着观察入微的敏锐。屋子里没多少物件，但衣柜上随意摆着针线盒、木芥子娃娃①、神社的护符和化妆用品等杂物，虽说没有见不得光的东西，可被人观察也不是很舒服，同时她还感受到了不可掉以轻心的危险气息，正要聊点家常转移男人的注意力，男人却先开口了。

"啊，抱歉。这样子目不转睛地打量房间，让你感觉不太好吧？这好像是我的职业病，不知不觉就细致观察起来。"

"是吗。冒昧问一句，你从事什么工作？"

"茂次郎。"

"什么？"

"我的名字。草字头的茂，次序的次，茂次郎。"

"喔，原来是茂次郎大人。"

"我不是什么了不得的人物，当不起'大人'的称呼，叫我'先生'就行了。对了——"茂次郎微微勾起嘴角，露出笑意，"让我来推理一下吧。"

虽然讶异工作的话题没了下文，但慑于他的气势，千佐只能含糊地点点头。

茂次郎依旧带着浅笑，漆黑的眼眸美丽得有些不真实，定定地望着千佐。

"最近，不，也许不算最近，你有个亲近的人过世了吧？"

---

① 日本东北地区特产的圆头圆身的小木偶人。

千佐的心脏猛地揪了起来，扑通扑通剧烈跳动。她极力佯装平静，以免被他察觉自己的不安。

茂次郎不过是个路人，不可能知道八十八的死。

是瞎猜的吧？千佐蓦然想到。如果把范围扩大到"不算最近"，就大有概率遇到亲近的人过世的情况。若是因他一语道破而惊异，说不定便会扯些命运啊诅咒啊之类耸人听闻的话，诓骗她的财物。

千佐露出看似困扰的笑容，缓缓摇头。

"不，完全没有亲近的人过世。"

"真遗憾，没猜中啊？"茂次郎丝毫不以为意，干脆地作罢，"那，你丈夫是不是卧病在床？"

千佐惊得双眼圆睁，嘴巴大张，下意识地捂住了嘴。

"为什么……"

她心生疑惑，难道他事先调查过自己家的情形，然后假作偶然地接近自己？

"这次猜对了。"

茂次郎露出的笑容全无机心，看到他那天真无邪的笑脸，千佐实在不觉得他是坏人。

"没什么，很简单的推理。"茂次郎轻快地一指厨房旁边的碗柜，"说来失礼，刚才你取出茶杯的时候，我瞧见了碗柜里的餐具，无论饭碗还是茶杯都没有像是男人用的大号，这个也一样——"

他端起千佐刚才奉上的茶杯，那是她平日自己用的，素净的红褐底色上有花卉图案，虽然不能断定是女人用的，但男人用还是显得小巧可爱了些。

千佐觉得八十八用过的餐具不干净，将他杀害后立刻悉数丢弃，等后来想到应该留一个给来客用时，已经晚了。虽然惦记着去买，但家里从未来过要献茶的客人，也就一直拖延至今。

茂次郎端着茶杯，就势啜了一口茶，继续说道：

"再冒昧说一句，你似乎生活很拮据。而且天刚黑你丈夫就在里间睡觉，放在玄关的竹皮屐也蒙了薄薄一层灰，不像频繁使用的样子。从这些迹象，我推测你丈夫可能卧病在床。"

"啊，原来如此。"

听他这样解释，的确很有道理，千佐松了一口气。

不过，一般人不会留意竹皮屐上的灰尘，包括餐具的尺寸问题，茂次郎无疑是个观察入微的人，千佐再次心生戒备。

"你说得没错。如此敏锐的洞察力，真叫人吃惊。"

"哪里，纯属推测，碰巧猜对了而已。"

"茂次郎先生是做那种工作的吗？"

"哪种？"

"就像……"说出来不大吉利，让她有些犹豫，但转念一想，支支吾吾也不自然。"就像刑警之类的。该怎么说呢，不属于官府但又是调查员的人。"

"侦探？"

"嗯，侦探也算。"

"不不，"茂次郎笑着摆摆手，"我不是那种人，只是一介画师而已。"

"画师？"

这可着实令人惊讶，但与男人的气质的确若合符节。千佐顿有恍然之感。

"不知你听说过没有？别看我这样，还算小有名气。"

听了男人报出的雅号，千佐更是吃惊。岂止听说过，那可是美人画赫赫有名的当代顶尖画家。千佐忍不住盯着他的脸，同时内心在猜疑真假，或许是假借知名画家的名义招摇撞骗也未可知。

"有的，久闻大名——"

"你在怀疑吧？"

茂次郎依旧带着笑说道。

千佐自然不便当面表明疑虑，正要否认，却被他打断了。他说这也难怪，然后从袖兜里取出明信片大小的记事本和铅笔，将记事本靠在盘起来的双腿上，以千佐可以看到的角度在空白页面流畅地作画。转眼间，纸上浮现一个女子的身影，虽不过是一堆只能用涂鸦来形容的繁杂线条，却描绘得鲜活生动，比上色潦草的成品更令她真切感受到画的高妙。最后他签上名，将那页纸撕下来，递给千佐。

"不知道这样能否取信于你，不过就当是相识的纪念了。"

千佐怯怯地接过来，那画风的确很熟悉，不由得她不信。欺骗一个穷困潦倒的三十岁女人本来也没什么好处，她想不出男人说谎的理由。

这么说来，千佐想起曾依稀听闻，他现下住在京都，似乎在今年年初的二月，市内还举办了他的画展。

"谢谢。你现在是住在这里吧？"

"是的，从去年秋天开始。今年春天搬到高台寺附近。"

高台寺离此地不远，是一座拥有壮丽庭园的大寺院，与丰臣秀吉颇有渊源，秋日的红叶和莳绘①也很有名。

茂次郎虽未正襟危坐，但挺直脊背，调整了坐姿，双手放在腿上，神色肃然地望向千佐。

---

① 一种日本漆器装饰技法，在漆器上以金、银、色粉等材料所绘制而成的纹样装饰。

"其实我有事相求。我表明身份，尽力取得你的信任，也是为了这个目的。请务必做我的模特儿——我的意思是，希望可以让我画你。"

"什么？"

这样的要求全然出乎意料，她一时困惑不已。

"坦白说，从刚才相遇那一刻起，我就被你吸引了。所谓想把画轴晒干，不过是攀谈的借口而已。"

千佐迟疑着不知该如何回答，只觉得很不好意思。

"怎么会……画我这样的人有什么意义呢？"

"我想将你——可以至少告诉我你的名字吗？"

一语点醒千佐，直到此刻她还不曾自我介绍。

"失礼了，我叫千佐，千万的千，人字旁的佐。"

茂次郎道了谢，再次眼神诚挚地凝视着千佐。

"我想画千佐女士。千佐女士，你很美。并非容貌端丽那种皮相之美，你牢牢把握自己渴望的人生道路，那种凛然的决心让你由内而外散发浓艳的香气。我希望那份美不会转瞬即逝，而是经由我的手永久留存。你可以帮我实现这个愿望吗？"

茂次郎深深低头行礼，额头贴到了榻榻米上。

"请不要这样！"千佐慌了手脚，"你这么有身份的人，向我这种人低头可使不得。"

"那么——"

在茂次郎目光灼灼的注视下，千佐逃避似的将视线移向榻榻米。矮桌脚旁，躲着掉落的樱花花瓣，但她随即意识到，那是撕下的纸片映着煤油灯微微发亮。想来也是，樱花的季节早已过去了。那天——杀死八十八那天，飞进家里的樱花花瓣去了何方呢？千佐茫然地想着毫无意义的问题。

"你要画我这种半老徐娘？"

"这叫什么话，你可是正当女人最好的年华。啊，我来猜一猜你的年纪吧。"

"我的年纪？"千佐将手贴在胸口。

"我就不装模作样，直接说了。三十三岁，对不对？"

茂次郎说得太过自信，千佐险些笑出声来。饶是如此，笑意也收不住了。

"不对，我今年刚好三十岁，当然是虚岁。为什么你会觉得我是三十三岁？"

"又猜错了啊，这就是一胜二负了。今天的推理着实不高明。"茂次郎苦着脸挠挠头，"推理的依据没什么大不了的，你想想就能知道，所以我就不先说答案了。"

其实是二胜一负，千佐在心里苦笑。

说到这里，他为何能猜中自己有亲近的人过世，到现在千佐还是不明所以。既然知晓了他的身份，想来那些话也并非故弄玄虚。虽然无法释怀，但此刻再问，只怕会被看出内心的不安，千佐不禁有些犹豫，而且她不觉得他会坦率相告。

气氛缓和下来，千佐也稍稍放松了些，但还未能下定决心。

"能不能……能不能给我一点时间？这番美意我不胜感激，我也深知是莫大的荣幸，只是，可否容我稍微考虑一下？"

她首先是感到害羞，但更重要的是，对茂次郎心存畏惧。如同鸟兽察觉到地震的迹象，不安在她内心一隅悄然滋生：她最大的秘密，八十八的死会不会败露？

或许是她多虑了。在全日本深受欢迎的画家，没道理刻意揭发他人的秘密。然而忽然出现的他，给她的感觉就像告知灾厄的使者，她希望再多点时间考量。

茂次郎没有再尝试说服，说声"明白了"便结束话题，将摊开的挂轴卷起，然后在记事本上写了些什么，再次撕下来递给她。

"我住在这里。你若下定决心了，可以给我写信，也可以直接过来。即使下不了决心，我也热忱欢迎你来做客。我保证，绝不会勉强你。"

茂次郎说罢，留下迷人的笑容离去。在玄关目送着他的背影，千佐仿佛事不关己地想着，似乎多少可以理解他和诸多女性传出绯闻的缘由了。

茂次郎的出现，的确在千佐心头埋下了不安的因素，但与此同时，也给单调的日常生活带来了意想不到的色彩。回到屋里后，她感受到一丝被抛下的落寞，才发现了这一点。

千佐将他留下的两张纸并排放在矮桌上。一张是女人的画像，另一张写着住址"高台寺南门鸟居旁"。倘若将明哲保身放在第一位，就该毫不犹豫地撕碎丢掉。不管茂次郎是怎样一个人，也不管他有没有恶意，只要与他人有深入的交往，过往罪行暴露的风险就会增加。

千佐茫然地望着两张纸，片刻后才想起还要准备晚餐，慌忙站起身来。

微微飘舞的沙尘将路面染得浑浊发白，温热的风仿佛推着她的背般吹过，舔舐她的脖颈，渗入她银灰色的领口。

不久，巨大的石造鸟居耸立在眼前，千佐行了一礼，受到指引似的穿过鸟居，旋即看到桧皮葺顶的朱红色楼门。穿过楼门，映入眼帘的是悬挂着无数灯笼的舞殿。

位于城镇东边大文字山麓的八坂神社，因为逢上假日，游人众多，热闹非凡。千佐并不在意周遭的香客，一如往常地花了许多时间祈祷，随后又往正殿西侧的疫神社参拜。这也是同往常一样的流程。

参拜完疫神社，千佐穿过比南口的鸟居小很多，但同样是石造的鸟居，望向人来人往的参道。她的视线停留在一名伫立路旁的男子身上，向他点头致意。

男子不好意思地挠着脸颊走过来，微微举起戴的帽子。

"好久不见。"

是茂次郎。在进入神社区域前，千佐就察觉到他在尾随自己。他今天穿着藏青色粗条纹的和服，戴巴拿马帽，这身打扮适不适合跟踪权且不论，他穿什么都出奇地合适。

"我早就留意到你了。怎么不早点儿跟我搭话？"

"我怕打扰你参拜。已经结束了吧？"

"嗯，现在没事了。"

"在此相逢也是有缘，聊几句如何？我这里有糯米团子。"

茂次郎举起手中的纸袋。

从初次遇到他那天起，已经过去了整整五天，千佐还没有联系他，也拿不定主意该不该联系。虽然不知道今天的重逢是否当真是巧合，却也找不到拒绝的理由。

"好啊，那就去公园吧。"

"我也是如此打算的。"

茂次郎爽朗地笑了。

两人走向附近的圆山公园。一路上香客熙熙攘攘，两人的脚步声毫无违和地融入其中，令千佐心生奇妙的感慨。茂次郎直视着前方，声音落在她肩上。

"你常来八坂神社？"

"是啊,休假的时候都会尽量来参拜。"

"为了祈祷丈夫早日痊愈吗?"

"是的,这是我最大的心愿。"

"真是令人钦佩。不知道这样说合不合适,但我很羡慕你丈夫。"

"哪里,我只是个一筹莫展的太太。"

千佐的声音低沉下去。虽然是脱口而出的真心话,却未免不合时宜,她感到很后悔。表面上她是为了祈祷丈夫康复频繁参拜,如此贬低自己反而不自然。

幸好茂次郎似乎只当她是谦虚或随口说笑,全然没有在意,一边走一边抬头看神社内的大树。

"对了,记得这里叫祇园?"

"没错。到明治之前都叫感神院祇园社,是祇园信仰的总社。"

"的确是祈求病愈的最佳选择。"

对话至此中断,两人在去往公园的人潮中随波逐流。

踏在石板路和碎石子路上的脚步声犹如细微的涟漪扩散开来,流向远方。偶尔有强风刮过,摇动树叶,掠过人群而去。

最后,两人在临池的路旁找到一块合适的石头,坐了下来。圆山公园以垂枝樱闻名,但这时节,樱花早已落尽,枝头抽出新叶。漫天都是淡粉色的樱花季节自然很美,但临近夏日,这个满目新绿的季节也别有意趣,有种令人心情平和的温暖。

"请用。"茂次郎递给她一串团子,她道谢接过。沾了酱油烤过的团子香气四溢,勾起了她的食欲。咸甜的调味虽然简单,却出乎意料的可口,烤过的表皮和内部的劲道口感愉悦了味蕾。茂次郎说着"比起樱花,还是团子更实在"之类的老生常谈,又笑着说"不过花都已经谢了",眯起眼睛望着绿意。

"我很期待祇园祭,因为我是去年秋天才搬过来的。你已经参加过很多次了吧?"

"没有……"千佐把嘴里的团子咽下,缓缓摇头,"其实我住在京都的时间也不长。"

"啊,原来如此。"

"我以前一直住在大阪。去年夏天虽然已经在京都了,但那时刚搬过来,忙得要命,没有心思享受祭典。"

"老实说,我也隐约觉得你不像是土生土长的京都人。你的用词、语调,与这里的人有微妙的不同。不过我不是关西人,不是特别了解。"

"是啊,可能差别蛮大的,尤其说话粗俗的时候。"

"我倒是很想听你粗俗地说话。"

"那可不行,多难为情啊!"

两人都轻声笑了。池塘的水面泛起泡沫,大概是鱼在吐气,与此同时,千佐心中也如泡沫般浮上来一个念头——这样聊聊也不坏。她不禁有些慌乱,吃了一个糯米团子后,不待茂次郎开口,就找借口似的继续说道:

"这里空气清新,环境安静,我觉得对外子的病情有益。自从天皇陛下离开后[①],京都就彻底成了乡野小镇。"

"的确。"茂次郎点头,"与东京、大阪截然不同,但与被都市远远抛下的乡镇也不一样。总觉得它是顽固地抗拒像东京那样贪婪吸收新事物的时代潮流,或许乡野的定位也是出于主动选择。虽然城市发展因此停滞不前,但我们需要这样一方土地。我

---

① 一八六八年日本明治天皇从京都迁居东京。

很喜欢这个城市。"

千佐回以呵呵一笑。

"不过搬到祇园社旁边真的纯属巧合,我也是搬来后才晓得有这么个地方。"

她凝视着水面上摇曳的树木倒影。

"你丈夫病很久了吗?"

"他是在结婚第四年病倒的。结婚时我二十一岁,已经九年了啊,看护他也五年了。原来如此,已经这么久了……"

连她自己都有些吃惊,不觉泛起思乡之情。

"对了,"千佐轻轻晃着空竹签,"在大阪举行婚礼后,我们蜜月旅行就是去京都。当时京阪电铁还没开通,虽然有国营的火车,但他说这趟旅行不赶时间,就坐淀川的蒸汽船去了。好怀念啊……"

虽说怀念,却并非一段令人愉悦的回忆。从那时起她就终日在想,自己能不能爱上这个人,能不能和这个人白头偕老,根本无心享受旅行。

"再来一串吧?"茂次郎又递来团子。千佐微一犹豫,还是感谢地接下了,心里不禁隐隐感到凄凉,竟连这样微不足道的享受都不能轻松拥有。茂次郎似乎看穿了她的心思,直率地问道:

"现在就靠你工作维持生活吗?有没有人帮衬?"

"没有,全靠我一个人的收入勉强度日。"

"顺便请教,你的工作是……"

"喔,我在店里帮忙。"

她下意识地含糊其辞,因为担心说得太详细,茂次郎可能会来店里。她并非觉得为难,也不讨厌他,只是另一个冷静的自己在警告:不可跟他走得太近。

茂次郎只小声说了句"是吗"，便不再追问。看似毫不客气地追根究底，却又有适可而止的分寸，所以她才生不出反感，几乎就要敞开心扉。

　　和那天一样，他从袖兜里取出记事本和铅笔。看起来那不是记事本，而是明信片大小的素描簿。他以一如那天的流丽笔调，将展现在眼前的景色轻快地画下来。千佐一边看着他作画，一边品尝第二串团子。被新生命的萌芽包围着，春日的温暖气息拂过脸颊，鸟儿在天空勾勒出优雅的线条。她感到这是来京都后度过的最奢侈的时光。

　　交替注视景色和手头素描簿的茂次郎，眼神很有力量，又充满温柔，最重要的是富有活力。千佐不由得想，能够热爱艺术的人是幸福的。听闻他不仅爱好绘画，也深爱诗歌。

　　"八十八也——"她脱口说道，"我丈夫八十八也喜欢过短歌。据说他曾经梦想成为和歌诗人。"

　　"哦。"茂次郎没有停手，发出感佩的声音，"想来你也知道，我也写诗，不过不拘泥于形式。"

　　"嗯，我知道，所以突然想到这件事。"

　　"你用的是过去式，所以你丈夫已经放弃当和歌诗人的梦想了吗？"

　　"结婚时就彻底死心了，不过学生时代似乎经常投稿。"

　　"那可真是一早就立下目标了。"

　　"好像是受初中时代看的杂志《马醉木》的影响，不过我对这方面不太了解。"

　　"《马醉木》就是现在的《阿罗罗木》的前身，是正冈子规门下的和歌诗人创办的杂志。如果我记得没错，应该是创刊于明治三十六年。我有印象。"

说到这里，茂次郎陡然停笔，描绘池塘水波的线条半途而止。他一脸深思的表情，怔怔地瞧着自己的素描。千佐不禁讶异，莫非是刚才的对话勾起了他往日的回忆？

"啊，抱歉。"

足足静止了将近一分钟，茂次郎才如梦初醒地抬起头，合上素描簿，似乎已兴味索然。

"对了，那件事你想好了吗？"

"嗯……"

像在寻找答案似的，千佐的目光再次转向水面。他说的"那件事"，当然是指担任画作的模特儿。

风吹皱了水面，波纹闪烁着美丽的光芒。光渐渐朦胧，千佐犹如被吸进去般，恍惚间联结到了过去的情景。

那天看到的水面，好似注入墨汁般黑沉沉的，深不见底，仿佛一直通往冥府。即便是内心意愿外化的邪恶情绪，那条深不可测的、甚至可以感受到恶意的漆黑河流，千佐也将永生难忘。

那天杀害八十八后，她赶到柳井那里，将发生的事和盘托出：她被八十八的话激怒，拼命勒住他的脖子，杀死了他。

柳井接纳了一切。

等到夜深人静后，柳井不知从哪里弄来了板车，两人拖着车前往千佐家。因为都住在市内，虽然要花些时间，但并非徒步无法抵达的距离。到了她家附近，两人先将板车放在稍远处，小心避开附近住户的视线，回到家中。

八十八的尸体仍在千佐离开时的位置没变，如同荒凉空屋里弃置多年的可怕摆设。千佐再次感受到，这不是梦，也不是幻觉，她亲手杀了他。柳井惊人地冷静，动手脱光尸体的衣服，这样万一尸体被发现，也很难查明身份。不点灯在黑暗中剥尸体的衣服，与其说令人心里发怵，不如说有种拦路打劫的诡异罪恶感。仔细确认周遭无人注意后，两人拿毯子裹了八十八的尸体，抬上板车，再覆上草席，迅速离开。

他的尸体轻得出奇，轻得悲哀，千佐甚至感觉自己一个人也能轻松扛起。无论过着怎样的人生，一死就万事皆休，对此她一直有种冷静的达观。这段离经叛道的恋情最炽热时，她不止一次动过和柳井殉情的念头。虽然只是个模糊的梦想，但在搬运尸体时，纵然明知不严肃，她也一直在想，幸好没有选择那条路。说到底，一死就万事皆休。

之后两人随便找了一座桥，将八十八的尸体埋葬在墨汁般的漆黑河流中。尸体已被深不见底、直通冥府的河流吞没，这样就没问题了。千佐心里充满了毫无依据的安心感。

抛尸时，两人反复确认过无人目击后才行动，所以她确信没有目击者。饶是如此，她也一连数日失魂落魄，在梦中杀了八十八好多次。每当夜晚来临，她就害怕浑身湿透、开始腐烂的八十八要开门进来。她很想时刻待在柳井身边，但柳井劝告她，这种时候更需要一如往常地生活。

就这样，一周、两周平安无事地过去了。

尸体是没被任何人发现，顺利漂流到海里了，还是被发现了，但无法锁定身份？千佐不晓得属于哪种情况。她原本就没有看报纸的习惯和财力，现在更是惶恐得不敢看。

两个月过去，她终于相信自己成功了。之后也没有感受到别人的怀疑，没有发现任何危险的征兆。今后应该也绝不会遭到怀疑。

茂次郎也一样。

杀害八十八时，他还是活跃在遥远东京的当红画家，不可能和八十八有关系，绝对无法发现八十八被害，也无法揭发这个事实。

冷静想来，茂次郎并无特别可疑之处。一切只是因为她内心不安，才会疑神疑鬼。

今后不可能一直不与任何人打交道，虽然要留意不可过于交心，但顽固地拒绝扯上关系，也太过束手束脚，反而不自然。茂次郎不过是想给她画像，他的话听起来丝毫不假。她也不能永远畏惧八十八的亡灵。

千佐从鼻子深深呼气，从沉思中回过神来。不知何时，她闭上了眼，睁开眼时，只见双手紧握着放在腿上。确认结论不是合适的借口后，她深吸了一口气，对着池塘吐出明确的回答。

"好吧。"她望向坐在一旁的茂次郎，露出微笑，"那就有劳了。"

茂次郎顿时满脸喜色："太感谢了。"

他的脸上没有一丝邪念，只有全无机心的笑容。

千佐心中怦然一动，感受到一股超乎想象的愉悦。对方是不是在全日本都拥有崇拜者的当红画家姑且不论，被别人认可和需要，果然感觉很好。

两人立刻商定时间。

原以为必是在茂次郎的住处作画，没想到他坚持一定要在千佐家。他说想画出千佐在一直居住的长屋里的自然姿态。茂次郎强调，如果邀请她到自己家或工作室，那便无论如何都不是真实的千佐。

虽然出乎意料，但也没理由坚决拒绝。反正他已经见过自己家，也没什么不方便。于是千佐应承下来，约定在下周末休假日见面。

"那我差不多该回去了。"

说罢，千佐正要起身，蓦地想起一件事。

"实在不好意思……"

千佐再次坐下，十指交握，腼腆地欲言又止。茂次郎见状催促道："有什么事吗？不必客气，尽管开口。"

"请问，团子还有剩吗？如果有的话——"

不待她说完，茂次郎已经扬声应道："喔喔！有的。请你务必带回去，我已经吃饱了。"

硬塞过来的纸袋沉甸甸的，估摸还剩三串以上。

"外子——"

声音像要掩饰害羞般格外尖锐，她陡然又冷静下来，确认没有问题后，换了沉稳的声音解释：

"外子喜欢吃团子。"

"原来如此，你是想让丈夫也尝尝。"

"他爱吃到不行。"千佐呵呵一笑，"听说他小时候完全不是这样，不只是团子，对甜食都不感兴趣。但大约十年前，电影不是一下子流行起来了吗？"

"哦，已经有十年了啊。"

"大阪也在千日前陆续开设了电影院。听说当时二十出头的外子迷上了电影，频繁去千日前。其中一部作品里，演员吃了一串团子，他看了特别想吃，中途就溜出去买了。从那以后，他迷恋团子更胜于电影，很奇怪吧？"

千佐忍不住流露出笑意。

"啊，抱歉，又絮叨了这么久。"这次千佐终于站起身来，低头行礼，"承你送了这些团子，真的很感谢。"

"应该感谢的是我才对。我很期待下个星期。"

茂次郎露出笑容。许是心满意足的缘故，千佐也很自然地接受他的笑容。

　　回家的路上，每走一步都能感受到手中晃动的袋子的重量。她沉浸在已遗忘许久的幸福感中，虽然自己也觉得过于单纯，但活着的喜悦也许就是这么简单。

　　仿佛要拼命驱走夜晚的气息，那天一早就阳光灿烂，气温却上升无几，让人想把刚收起的厚披肩再拿出来。吃完早餐，望着万里无云的天空，千佐心想，梅雨的迹象还一丝也无，可唤作春天又未免有些落寞，这般天气当真叫人捉摸不定。

　　午后，茂次郎如约而至，腋下夹着大大的素描簿。

　　为了这一天，千佐事先打扫了屋子、整理了物品。不过屋子没大到需要鼓起干劲，也没有值得认真整理的物品，只是日常扫除的延续。

　　她告诉茂次郎，丈夫在纸拉门后方的房间躺着，今天身体状况也欠佳，无法跟他打招呼，还望见谅。茂次郎答说是自己贸然登门，她完全不必在意，若有什么为难之处，或是需要中断的话，不妨直说。

　　茂次郎让千佐坐到有阳光从窗外照进来的、最明亮的地方。她按照茂次郎的吩咐靠着衣柜，放松就座。茂次郎架好素描簿，握着铅笔开始作画。

　　有那么一会儿，她因为紧张和害羞感到很不自在，但铅笔在纸上摩擦的单调节奏，令她的意识越来越朦胧。照在下半身的阳光渐带暖意，加速了这种愉悦的朦胧，身躯仿佛要和世界融为一体。

　　"千佐女士——"

突然响起的呼唤敲打她的意识，那一瞬间，千佐有些迷茫：谁在呼唤自己？自己在做什么？直到认出茂次郎，她才终于想起。他的嘴唇犹如在水中摇晃般蠕动。

"我可以肯定，你杀了丈夫八十八。"

他在说什么？千佐心想，难道自己仍在梦中？

"其实一开始，我并不知道你杀了谁，所以先试探着问你，是否有亲近的人过世？因为一个人杀人的理由形形色色，但除非疯子或者穷凶极恶之徒，多半杀的都是跟自己有利害关系的熟人。但你说没有人去世，那就只有两种可能：你杀的不是亲近的人，或者，你隐瞒了杀人的事实。"

"且慢。"她忍不住插嘴，"我不明白你的意思，你为什么认定我杀了我丈夫？"

"我刚才也说了，一开始我并不知道你有没有杀害丈夫。只是从第一眼看到你，我就知道你杀了人。"

"为什么你会知道！"千佐厉声问。

茂次郎那双澄澈至极、几乎不真实的漆黑眼眸，像要将她吸进去似的定定地望着她。

"我看得到背负着罪孽的女人的气息。"

这是怎么回事……

千佐一时哑然。茂次郎向她投来温柔的眼神。

"至今为止，我多次见过这样的女人，从来没有猜错过。我在街上偶然看到你的身影，瞬间就被你的美丽俘获。同时，我也看到了与某些人同样的气息——杀过人的女人的气息。不，正因为散发出那种气息，我才会被你俘获。那是杜鹃花还在盛开的时节，你朝路边的杜鹃花伸出手，留意到我的视线后又缩回去了。"

啊——千佐差点儿叫出声来。

他就是那个轻轻点头致意后擦肩而过的男人。当时因为尴尬，她没看男人的脸就从旁边走过了。

"没错，前些日子相遇时发生的意外并非巧合。我确定那是你下班回家的必经之路后，带着酒瓶和挂轴刻意撞上你。这样骗你我也很抱歉，但我觉得这是最快接近你的办法。之后，就像我刚才说的，我尝试找出你杀了谁。而引起我注意的，就是你的丈夫八十八。"

说到这里，茂次郎看了一眼通向里间的脏污纸拉门。

千佐的身体僵住了。她告诉自己，还不要紧，还不要紧。虽然不晓得他凭什么确信八十八遇害，但他绝不可能识破真相，也无法拿出证据。

"当时还只是一种可能性，但我还是决定先调查丈夫这条线索，毕竟据说他卧病在床，从不出门。后来我也向左邻右舍打听过，谁也没有清楚瞧见八十八的模样，甚至有人不知道你是有夫之妇。就算悄悄把他杀了，也不会有任何人察觉。"

说罢，茂次郎霍地站起，手搭到纸拉门上。千佐来不及阻止，即使来得及，为了把眼下应付过去而阻止也没有意义。她拿定了主意，直视着茂次郎。

见千佐无意阻止，他微微一笑，毫不犹豫地拉开了纸拉门。

阳光毫不留情地照了进去，仿佛在羞辱暗无灯火的里间。一个裹着棉质睡衣的人从被褥上坐起身，直勾勾地盯着两人。这人头上缠着一层层绷带，露出的脸孔大部分因烧伤而丑陋溃烂，连手臂也有部分皮肤变色，像个已损毁的活动人偶似的，生硬地打招呼：

"你好……我是……八十八……"

那声音嘶哑到不似人声，很难听懂。千佐走到他身边，揽住他的肩头问:"你没事吧?"然后转向茂次郎。

"这是我丈夫八十八。如你所见,他因为火灾被烧伤,变成了这副模样,身体无法正常活动,也无法正常说话,所以我尽量不让他暴露在外人眼前,这也是他自己的希望。"

"原来如此。"茂次郎肃然点头,"没想到会是这个样子,我为自己非要窥探道歉,很抱歉。不过,有一点是确定无疑的,这位并非八十八。"

千佐缓缓摇头。

"茂次郎先生,你怎么又说这种话……"

"其实我知道你在照顾一个卧病在床的人,也知道里间有一个不是八十八的人。理由有四——"

茂次郎回到原处坐下。

"刚才我说向附近住户打听过,的确没有人清楚瞧见过八十八的样貌,但有人目击到你扶着某人在深夜进出。其二,我第一次登门时,说过看到了碗柜里的餐具,那确实是两个人生活会用到的数量。其三,也是最关键的理由,就是之前你去八坂神社参拜。

"你注意到我在偷偷跟踪。起初我以为,也许正因如此,你才故意让我看到你在为生病的丈夫参拜。然而你参拜的过程毫无生疏之感,显然已是常客了。

"这样一来,另一种可能性就浮出水面:你为了避免别人察觉丈夫的死,平时就一直伪装参拜。这是为了瞒过附近住户的眼睛。然而这也说不过去。你参拜得诚心诚意,不只是总社,连疫神社这个分社也参拜了。如果只是为了伪装,未免也太周到了。

"其四,就是你今天邀我到这里。你从一开始就对我颇有戒心,从你的态度可以清楚看出。如果我探问八十八的事就麻烦了,也难怪你有这种反应。想必你平常也会注意不与他人深入交往。但你却没有强烈拒绝我今天来这里。如此看来,你应该料定即使我看到了纸拉门里头也无妨,因为我不知道八十八的长相和身材。综合以上几点,我推测在里间有一位不是八十八的病人。"

茂次郎以充满自信的语调一口气说道。

千佐凝神静听,脸上甚至带着微笑。这番话条理分明,可见他在打开纸拉门前便已确信,这里有一个"不是八十八的人"。不消说,茂次郎的推理是正确的。八十八已经死了,沉在了黑暗的河底。

身穿棉质睡衣坐在里间的,是柳井。

处理了八十八的尸体后,两人并未当即同居。如果那样做,周遭的住户会立刻起疑。

首先为了瞒过医生的眼睛,千佐换了住处。搬家后两人也没有同居,千佐照常在旧衣店上班,柳井也一如既往地生活,彼此频频幽会。两人的关系与八十八死前相比,几乎毫无变化。对千佐来说,唯一一个重大的改变,就是再也不用耗费时间照顾八十八,以及耗费金钱为他买药了。

千佐的心情很愉悦。一直耿耿于怀的异物——自记事起就感觉到的异样感,终于消除了。她觉得终于找到了原本的生存之道。

当然,她也考虑过搬到遥远的城镇,与柳井共同生活。但这样做还是大有风险,加上对现状也没什么不满,迟迟下不了决心,不知不觉间冬去春来,岁月悄然流逝。

转机以意想不到的方式突然到来。柳井遭遇了火灾。

八十八过世将满一年的冬末,那天夜里刮起了大风,寒冷入骨,仿佛冬日的余韵在展现最后的抵抗。柳井住在大阪城附近的玉造，与千佐所住的江户时代古董似的陋屋不同，那是结构现代化、面积也很宽敞的连栋住宅，火灾在深夜时分发生。起火点离柳井家隔了两户，是人为纵火。

火焰贪婪地吸收了干燥的空气，在强风的推波助澜下，火势霎时蔓延到整栋建筑。熟睡的柳井没能及时逃出，全身大面积烧伤，虽然最后设法自力逃生，被立即送往医院，但已伤重垂危。那个夜晚，千佐全心全意地祈求柳井能生还。或许是心诚则灵，柳井幸运地保住了性命，但全身严重溃烂，没办法自如活动肢体，也没办法正常说话。如此，工作当然无法继续，也很难独自生存下去。

柳井孑然一身，无亲无故，千佐没有必要犹豫，也丝毫没有犹豫。她甚至觉得，自己就是为了这一天，才在一年前杀死丈夫。这样一来，两人终于可以堂堂正正地长相厮守了。

千佐辞了工作，从大阪搬到无人相识的京都，对外谎称柳井是她的丈夫八十八，就此开始了共同生活。虽然找新工作吃了些辛苦，但她深知自己的性格适合服务业，四处打听后找到了一份租书店的工作。这份工作薪水也不高，不可否认生活很清苦，但两人诸事俭省，日子总还能过下去。

只看境况的话，似乎兜兜转转，又回到了杀害八十八之前的生活。然而同样是穷困潦倒、埋头照顾病人的日子，千佐的心境却大不相同。和柳井一起生活，让她的内心更加满足。诚然，一开始看到那张美好的面庞被烧得丑陋溃烂，听到那副悦耳的声音变得嘶哑破碎，她也曾在瞬间心生悲伤。但无论外表有多大的变化，柳井对千佐温柔、坦诚的爱意依然如故，千佐也一如既往地爱着柳井，毫不犹豫地决定奉献一生。

没有任何人起疑。千佐尽量避人耳目，即便有人怀疑，看到柳井的模样后也就释然。万一有认识八十八的人来访，也只会觉得他被烧伤得实在凄惨，从未有人怀疑过不是本人。

根本不可能有人会怀疑八十八被替换。

千佐紧盯着茂次郎。

他第一次登门时，千佐在玄关大声说话，就是为了让待在里间的柳井听到，暗示在里头不要发出声息。虽然被看到也没什么问题，但还是尽量避免更安全，最重要的是比较自然。

柳井在里头也听到了那天的对话，说难得有这个机会，可以做他的模特儿。反而是千佐自己迟迟下不了决心。今天她还是打算让柳井躲在里间，但做好了被窥见也无妨的心理准备。正因为如此，她才会应允茂次郎再次造访。

茂次郎是依据什么断定里间的人"不是八十八"，千佐不得而知，但归根到底，不过是臆测而已。

"茂次郎先生，你这话可真是奇怪。没错，我是和丈夫八十八共同生活，偶尔也会一起出门散步，呼吸外面的新鲜空气。就如我刚才所说，我们尽可能不引人注目，只在深夜散步，还会蒙上头巾。这应该有人看到吧。因为是两个人生活，餐具自然是两人份。为了祈求丈夫病情好转，我还经常去祇园社。即使你这样子窥视，我也完全不觉得困扰。这个家没有任何不对劲的地方，不是吗？"

茂次郎沉静地点头，从千佐身上移开视线，再次拿起铅笔。但他并未伸手去拿搁在地板上的素描簿，而是依旧凝视着某处，手里把玩着铅笔。外面似乎有主妇在闲话家常，粗俗的笑声贸然闯入房间，愈发凸显出蕴含着紧张的沉默，仿佛只有这栋屋子里，时间在坚硬而尖锐地流逝。茂次郎毫无预兆地开口：

"适才我说过，我认为这里另有一人的理由有四，但正确来说是五个。对了，上次我来这里时，推测你的年龄是三十三岁，虽然猜错了，但你可曾发现我这样推测的理由？"

千佐默然摇头。他没有看千佐，也没有看柳井所在的里间，只是凝视着墙上的某处，然后慢悠悠地将铅笔尖指向眼前的一点。

"就是那个。"

千佐倾身向前，顺着他指示的方向望去，就在她刚才倚靠的衣柜上方附近。一开始，千佐讶异地皱起眉头，不明白他在指什么，但随即"啊"地低呼一声。茂次郎道出答案：

"没错，就是祛除灾厄①的护符，上面写着八坂神社的名字。我由此推测你今年正值三十三岁的大厄。然而我猜错了，你说今年刚好三十岁。这也不符合十九岁、三十七岁的厄年，也就是说，这里除你之外，另有其人。"

真是疏忽大意了……千佐小心地不表露出来，内心却悔恨莫及。那护符是年初在神社祈祷时求得的，早已成为家中陈设的一部分，外人根本不会留意。

她飞快地盘算起来。这绝不可能成为致命的证据。

千佐露出困惑的笑容，微微侧着头。

"有什么不妥吗？那护符是我为丈夫八十八求来的。"

"很遗憾，那是不可能的。"茂次郎面无表情地抬头望天，"你是在九年前，二十一岁的时候与八十八结婚，也就是明治四十一年。你说当时京阪电铁还没开通。从大阪天满桥到京都五条的京阪电铁，是在两年后的明治四十三年通车，所以你应该没

---

① 日本有厄年的概念，据说源自阴阳道学说，指易遭遇灾祸、须谨言慎行的年份。厄年以虚岁算，一般来说男性是二十五、四十二、六十一岁，女性是十九、三十三、三十七岁。其中男性四十二岁、女性三十三岁时的厄年被称为"大厄"，即人生中最不安定、最容易出现大灾祸的年份。处于厄年的人通常会前往神社祈求消灾除厄。

有记错。"

"不用说，法律规定了最低结婚年龄：男性年满十七岁，女性年满十五岁。需要注意的是，法律是以周岁为标准。保险起见，我问一句，你知道周岁的计算方法吧？"

千佐点了点头。茂次郎确认后，再次开口：

"出生时是零岁，以后每逢生日就增长一岁。照此推算，九年前，也就是明治四十一年结婚的八十八，今年虚岁必然超过二十七岁。男人的厄年是二十五岁、四十二岁和六十一岁，至此，二十五岁的可能性就排除了。"

茂次郎说得云淡风轻，听在千佐耳中，却是毫不留情切断退路的冰冷声音，不容分说地迫使她感受到末日的到来。

"然后，你说八十八初中时看到《马醉木》，对短歌产生兴趣。《马醉木》创刊于明治三十六年，也就是十四年前。那么，初中生年龄最大是几岁呢？答案是，最后一学年的四年级学生，新年后虚岁是十八岁。由此可以得出结论，八十八今年不足三十二岁。

"这样说可能有些难懂，我打个比方，一个人今年四十二岁，他初中时代的最后一年，至少是二十四年前，不可能在念初中时看到十四年前才创刊的杂志。即使入学晚导致有些误差，八十八也不可能正值四十二或六十一岁的厄年。

"根据结婚时间和《马醉木》的创刊时间这两个事实，可以断定祛除灾厄的护符不是八十八的。这足以证明，这间屋子里住着你和八十八以外的第三者。"

连珠炮似的抛出论断后，茂次郎冷冷地注视着千佐。

怎么会？这是千佐最直率的想法。怎么会在这种地方被抓住把柄？怎么会从这种地方推断出八十八的年龄？

千佐紧紧握住偎在身旁的柳井的衣袖。

初次相遇那天，茂次郎满怀自信地宣称她是三十三岁。这是他三项推理中唯一猜错的，却成了最大的突破口。或许就在那时，他已勾勒出了到今天这一刻的走向。

既然是夫妻，可以料想八十八和千佐的年龄相去不远。茂次郎应该是考虑到如果直截了当地询问，会引起千佐的警惕，于是不动声色地问出了关于八十八的回忆和信息，锁定了年龄范围。聊起《马醉木》可能确系偶然，但即使没有这件事，茂次郎也会凭借如簧之舌判断出八十八的年龄，以证明今年不可能是他的厄年。

难道在否认自己三十三岁的那一刻，她的命运已走到了尽头？

不对。倘若之后仔细思量茂次郎推理的依据，完全有可能想到是源于祛除灾厄的护符，这样一来，她在应对时就会更加慎重。

然而事已至此，后悔也晚了。他的推理有什么漏洞吗？有没有抵赖的办法？

"顺便一提——"

茂次郎继续说道。语气并非苛责，但也不含同情，就像在朗读现成的文章。

"要解释说是旧护符也很牵强。你应该是去年夏天来京都的，因为去年祇园祭时你刚搬过来。护符上写着八坂神社的名字，所以几乎可以确定是今年求来的。即使退一万步说，也是去年的事。你说过，搬到八坂神社附近纯属巧合，而且搬来前不知道八坂神社就是祇园社。既然如此，很难想象你住在大阪的时候，会专程去八坂神社祈求除厄。"

如此穷追猛打，是要彻底断绝她的退路吗？

回过神时，千佐嘻嘻地笑了。

"啊，真好笑。"

她看向旁边的柳井。

"八十八哥，还坐得住吗？"

看到那张被烧伤的脸孔缓缓点头，千佐站起身。阳光一如往常地悠然洒落，与杀机四伏的对话全然不相称。到了这个时刻，室内渐渐热气蒸腾。磨损的榻榻米反射低垂的阳光，映得景色朦胧发白。

千佐走到衣柜旁，拿起摆在上方的护符，静静地微笑。

"实在是惊人的想象力。茂次郎先生，你真的很聪明。是的，八十八哥比我大两岁，今年三十二岁。而这张护符也如你所说，是今年求来的。不过——"

千佐用袖子遮住嘴角，再次嘻嘻一笑。

"我脑筋笨得很，搞错了，以为八十八哥今年是厄年。大概是把女人三十三岁的大厄和男人四十二岁的大厄混为一谈了吧，真是够糊涂的。当然，我立刻就发现出了错，可辛苦求来的护符，哪有再还回去的道理。况且我为此花费了仅有的一点积蓄，也着实觉得可惜。这毕竟是货真价实的祇园社护符，多少总会有点好处，所以就这样摆着了。其实就是这么简单。"

茂次郎没有责备，也没有叹息，只是一瞬不瞬地盯着千佐。千佐脸上挂着浅笑，却没有勇气回望那双眼眸。

她深知这解释很是牵强，但再荒唐无稽的歪理，只要一口咬定"求错护符了"，就绝对无法从逻辑上推翻。

他的推理很厉害。但从祛除灾厄的护符推导出的结论，终究不过是以常识为前提的空洞推断，根本无法作为证据。不管有多丑陋不堪，她都要竭力挣扎，绝不会承认。好不容易才得来的生活,谁也休想摧毁。

千佐暗自下了决心,脸上笑意不变,死死地盯着茂次郎。

他的表情没流露出明显的情绪。仿佛是事先想好的行动,他流畅地竖起单膝,迅速站起身,迈着很小的步子,一步、两步,像故意引起千佐焦灼似的接近柳井。

"千佐女士,你刚才撒了两个谎。一个不消说,就是谎称此人——"

茂次郎停下脚步,伸手指向柳井。

"是你的丈夫八十八。而另一个谎言——"

他凝视着千佐,温柔的眼神表明他已看透一切。

"是你称呼此人为'哥'。"

千佐只觉得像被剥光了衣服,浑身发冷。就像夜间的床帏之事被人偷窥了似的,羞耻得直发抖。怎么会?为什么?这些疑问在她心头一遍遍盘旋。

"从我第一次来这间屋子,就隐约有了预感,不过决定性的证据是团子。"

茂次郎的声音听起来似乎带着责备。

"起初让我感觉异样的是餐具。虽然确实是两人份,但目之所及,都像是女性用的,尤以饭碗和茶杯为甚。端给我的茶杯同样如此。虽然不能断定,但视为两名女性共同生活更加合理。

"还有之前在八坂神社,你提到八十八时,可能是不自觉的反应,你的脸上流露出吞了针般的痛苦。尽管你极力掩饰,我还是看得出隐藏在表情背后的阴霾。这和你为了丈夫尽心尽力来参拜的行为格格不入。从这一点也不难猜测,这屋子里有一个不是八十八的人,你就是为了此人奉献一切。

"但离去之际,你说到有关团子的往事时,脸上却自然地泛起微笑。那是你第一次露出明朗的笑容。你说想带团子回去给丈夫尝尝，显然那是现在与你共同生活的人——假设是 A 好了，你说的是 A 的故事。

"A 在电影兴起时二十出头。大阪千日前的第一家电影院——'电气馆'建成开业，是在明治四十年。以此为开端，电影院接二连三地兴建，千日前一口气成了电影街。这一切的确如你所说，发生在约十年前。因此，A 现在是三十来岁。

"然后，A 应该今年正值厄年。男人的厄年是二十五、四十二和六十一岁，显然有矛盾。一个十年前十五岁或三十二岁的人，说他'二十出头'很奇怪。但从你的用词、表情和语气来看，完全不像是用自己的回忆来偷梁换柱，也不像是在谈真正的八十八。乍看是匪夷所思的矛盾，但换个角度思考就迎刃而解。只要把 A 当成今年三十三岁的女性就行了。"

回过神时，千佐已跌坐在榻榻米上，怔怔地望着墙壁。

她很错愕。本以为绝对无法从逻辑上推翻的事，结果还是败在祛除灾厄的护符上吗？这东西简直没完没了地拖后腿。纯粹祈求康复，为何却适得其反？这个世界太荒谬了。

当时她冷静地判断过，认为提起浮上心头的柳井的往事应该无碍。八十八和柳井岁数相差无几，换个主角也不会有问题。没想到……

"你在说什么……"

千佐盯着脏污墙壁的某一点，拼命压抑着颤抖，挤出声音。

"你在说什么，我听不懂。他就是八十八，是我的丈夫。我刚才也说过，八十八今年三十二岁，十年前是二十二岁。这一切没有任何可疑之处，不过是我求错了护符而已。"

"那么，可否容我检查一下八十八的身体？如果他是男的，应该没什么问题吧。"

"喊!"千佐瞪着茂次郎。

"你有什么权力说这种话?再有名的画家,有些事情也是做不得的。"

"你说的没错,我没有权力揭露你的罪行。但我的本意不在于此,我只是希望让你得到解脱。"

"解脱?"瞪着他的千佐皱起眉头。

"背负着无人察觉的罪行活下去,纯粹是种悲剧。必须将你从这种悲剧中解脱出来。"

"我不明白你的意思。"千佐的声音里已带着哽咽。

"你心里应该有数,已经无处可逃了。"

可悲的是,他说的是事实。既然连柳井的性别都被识破,她的命运已走到尽头。

嘶哑的声音响起,像要扎进千佐的心似的,敲击着她的耳膜。

"千佐……够、了……"柳井僵硬地再次向茂次郎低头行礼,"幸、会,我是、柳井、纱世里。"

陡然间,泪水从千佐的脸颊簌簌而落,她自己也不辨是悔恨还是悲伤。滂沱而下的泪水落在褪色的榻榻米上,点点滴滴扩散开来。

在女子学校读书时,千佐已开始察觉到自己和别人不一样。

六年前,新潟丝鱼川发生了一起同性情侣殉情事件。两人是同一所女子学校的毕业生,彼此相爱却无处容身,以至于生出厌世之心,投水自尽。这起事件通过报纸等媒体煽情的报道,女学生之间的疑似恋爱——也就是所谓的S从此广为人知。然而更早之前,虽然没有统一的称呼,也不像时下这般张扬,但同样的行为一直存在,绵延不绝。

学生时代，千佐也有过发誓相爱的对象。

但那是只在女子学校这种封闭的世界才能容许的关系。周遭那些和千佐一样有同性对象的人，虽然都是认真的，但内心一隅仍保持清醒，不会像故事里那样深陷其中，而是灵活地与现实妥协。这是理所当然的事情，千佐也知道应该这样做。但她就是没办法顺利达成妥协，与恋人之间距离感的细微差异，令她感到焦躁和痛苦。恋人年长她一岁，毕业后关系就告终是不成文的规定，然而对方毕业以后，千佐还是一直想见她，不知多少次黯然落泪。她无法理解周遭那些轻易就放下的人，很烦恼自己是否不正常。在那之后，她对爱上男人这种事始终无法理解，也不能接受。

千佐期待结了婚、有了伴侣后，就会自然而然地爱上丈夫，这种不正常的感觉也随之消散。所以她自愿和父母决定的对象结婚，反正她没有中意的男人，也不觉得将来会有。

她尽力与八十八亲近，拼命想爱上他。可是，她做不到。

不久，八十八卧病在床，两人从夫妇变成照顾者与被照顾者的关系，不再有床笫之事。此时千佐感受到的安心，强烈到令她困惑，仿佛从炼狱中解脱出来。就这样，千佐终于悲哀地醒悟，不管对方是谁，她都无法爱上男人，这就是主宰她的命运。

然而因为无能为力，千佐也死了心。世界诚然黑暗污浊，但就算逃离这里，她也不觉得能找到安身立命的所在。

就在这时，千佐遇到了不该遇到的人，就是柳井。

四目相对的瞬间，千佐的心脏像被紧紧攥住似的，止不住地颤抖。可能是柳井很像她学生时代的恋人，也可能是本能地嗅出柳井有着同样的气息，她鼓起勇气搭话，一点点拉近两人之间的距离，恋慕之情从未有丝毫动摇。灰色的世界染上了颜色，她沉醉在学生时代的甜美心境里，一切都闪闪发亮。从一开始她就有预感，柳井也爱着自己。这份预感逐渐变成确信，最终成为现实。

两人的关系绝对不能被人察觉，这理应是优先于一切的事项。但因为都是女性，即使是不伦之恋，某种程度上也可以大胆享受约会的乐趣。两人在一起时，就算被熟人撞见，理由要多少有多少，对方也不会怀疑她们是情侣。如果是一男一女，认识八十八的人再少，也不能在外面公然相会。

被八十八逼问那晚，千佐立刻明白他并没有掌握自己幽会的证据，因为他认定千佐的出轨对象是男人。正因如此，千佐当时才会略感安心。直到最后，他都没能知晓千佐的真实想法，以为妻子不爱自己，不愿敞开心扉，是因为自己长相丑陋。她至今都对八十八怀有歉意，觉得那不是他的错。

然而八十八死了，她已经无从道歉。

本以为绝无可能和心爱的人共同生活，所以千佐死了心。结果竟然得偿所愿。与柳井的相遇，本身就是万分之一的侥幸，是超越了人类智慧的神秘事件。

所以无论是谁，都不能破坏两人的生活。

她原本是这么想的，原本是这么想的。谁知……

千佐咬紧嘴唇，泪水再次滴落。她对着染上泪痕的老旧榻榻米茫然发问："你打算怎样处置我们……"

茂次郎回答的声音与之前不同，带着一丝喜悦，很柔和。

"我不打算怎样。因为我的目的已经全部达成了。"

千佐缓缓抬起头，不知何时茂次郎已蹲下身，欣欣然地从带来的包里取出崭新的画具。

"不，不对。我的目的接下来才达成。千佐女士，我要画你。这下就准备妥当了，现在才是正式开始作画。"

"咦……"

"我啊——"

茂次郎突然凝视着千佐，她的脊背蹿过一股恶寒。那双澄澈至极，却也因此残酷至极的眼眸，正定定地看着她。

"就是要画背负着罪孽的女人。那种背负着罪孽，然后获得解脱的女人，才是最美的。"

茂次郎忽然微笑起来，之前隐约可见的疯狂，或者说宛若凶器的残忍，仿佛被雨水涤荡过一般，消失得无影无踪。

"你尽管放心。我保证，绝不泄露今天在这里说过的话、知道的事。今后你和——呃，是纱世里女士吧？你们二人要怎样生活都与我无干，我也毫无兴趣。所以，请你也履行做模特儿的约定。再磨蹭下去，天都要黑了。"

茂次郎就像身处游乐场所的孩子一样开心。

精神恍惚的千佐依照茂次郎的要求，再次坐回原处。她用袖子擦了眼泪，倚靠着衣柜，放松双腿。

此后，茂次郎一言不发，默默动笔。注视着千佐的眼神虽然锐利，但那纯然是沉浸在自我世界的艺术家的眼神，追求真相的贪婪、冷酷和疯狂都消失了，甚至散发出包容对方的温暖。

光线还很强烈，微微西斜的春日阳光逐渐逼近千佐胸口。但她不认为胸口的暖意完全来自太阳。敞开的纸拉门另一侧，柳井犹如地藏菩萨般凝望着千佐和茂次郎。从那没有表情的脸上，很难看出她的情绪。

"不过啊——"

茂次郎的声音穿透了快要陷入小睡的千佐的意识。她心跳加速，身体猛地一震。

"有件事很不可思议。我不知道你与纱世里女士的关系,也无意深究,不过她和你的丈夫八十八一样,都需要你的照顾。这真的是巧合吗?"

千佐张开嘴,但喉咙深处黏糊糊的,发不出声音。她想喝水。

茂次郎全然不关心千佐的反应,只顾盯着素描簿。

"至今为止,我画过好多像你这样犯了罪的女人。不过,你和之前的人有些不一样。这是我刚才画的素描。"

说罢,茂次郎抛过来一张纸。纸轻飘飘地飞舞,滑到榻榻米上,落在千佐眼前。

"不用说,这是在揭露你的罪行之前画的。你的表情非常满足。"

纸上的千佐由杂乱的线条画成,但不可思议的是,幸福满溢的感觉却扑面而来。千佐一时难以相信,这画的就是自己。

"你对现在的生活心满意足。这不只是指你得以与纱世里女士而非八十八共同生活,还包括你照顾她的生活,不是吗?"

说到这里,茂次郎第一次将视线从手边抽离,凝视着千佐。那双眼眸和刚才一样澄澈无比,以恍如从彼岸传来的声音问道:

"只有将他人置于自己的掌控之下,你才能得到满足吧?现在的状况真的是巧合吗?"

只有将他人置于自己的掌控之下,才能得到满足的人——

茂次郎的话如同杜鹃花蜜,甜美又略带苦涩,渗入她的身心。

八十八死后,可以毫无顾忌地与柳井频频幽会,日子确实无比充实。原本也应该如此。然而随着时间的流逝,奇异的失落感却越来越强烈。

千佐的心里开了个大洞。不知为何,似乎无论如何都无法填补其中的空虚。

她对现状并无不满，但感到不安，柳井会不会有一天离她而去呢？和八十八不同，柳井独自一人也能生存下去。所以——

所以她纵了火。

若非如此，失火当晚她不可能得知柳井遭难，也不可能祈求她生还。

当然，千佐丝毫没有杀害柳井的意图，只是想烧掉她的住处，这样她就只能投奔自己。所以她隔着两户人家纵火，留出充足的逃生时间。火势蔓延之快超乎想象，柳井被烧成重伤，徘徊在生死边缘时，她诅咒自己的愚蠢，一心一意向上天祈祷。柳井保住性命时，她发自内心地感激上天。

然而以结果而论，柳井对千佐的依赖超过当初的预期。她不得不依赖千佐。没有千佐，她便活不下去。从今往后，永远如此。

一直深埋在记忆中的八十八的声音，又在耳边回响。

——你可曾发现自己与生俱来的毒性？

——如果杀了我，也是你伤脑筋。你会坠入真正的地狱。

八十八察觉到了妻子的本性。千佐立刻掐住他的脖子，是因为他的指责正中要害，因为她不想承认。

她一直以为，自己体内蕴含的毒性，是无法爱上异性。但若只是如此，并不会给人带来灾难。她暗藏的毒性是——

若不能掌控他人，就无法得到满足的业障。

千佐的视线前方，是用粗线条勾勒出的自己，脸上漾着心满意足的笑容。她不由得打了个寒战。

尖锐的草笛声传来，紧接着，孩子们的笑声随风而来。千佐慢慢抬起头，望着茂次郎。喉咙的干渴消失了，她露出浅笑，缓缓摇了摇头。

"当然是巧合。"

"是吗？那就好。"

画出这幅画的人，不可能不深悉千佐的本性。但画家只回了这一句，就再次闭上嘴，回到自己的绘画世界。

千佐的视线缓缓移向前方脏污发黑的榻榻米边缘。

即便狭窄幽暗，也只能在这条路上前行。千佐审视着自己的决心。在真正的黑暗笼罩一切，前路遭到封锁的那一天来临前，只要脚下还有微弱的灯火照耀，她就会一直走下去。

她是发自内心地爱着柳井，绝无半分虚假。若能得到原宥，她希望与柳井在这条路上一直携手同行下去。

瓜之容颜

一尺见方的窗外，瓜正来来往往。

不消说，瓜只会长在田里，不会大步走在街上。但在从室内望向外界的鹿野眼中，看起来就是这样。抛却社会上的头衔、地位、立场，不分贫富、老少、美丑，这只是一群贪求女人的肉体、色欲熏心、失去自我的男人。

随着黄昏的降临，下班后从附近工厂涌出的男人们，或是没有固定职业、游手好闲的男人们，犹如成群扑向灯火的飞蛾般，今天也怀着过剩的欲望，在千住的私娼寮往来寻欢。

这是个形同迷宫的街区。原本一无所有的土地上，乱糟糟地林立着唤作铭酒屋的娼馆，狭窄的道路纵横交错，曲曲折折，五间①开外就看不清了。据说过去还会在店头摆酒做做样子，如今徒有铭酒屋之名，却已完全变成专供女人卖身的地方。临街的墙壁上开着一尺见方的窗户，男人透过窗户物色女人，女人为了拉客，也透过窗户朝路过的男人卖弄风情。数百间这样的娼馆挤挤挨挨，连路边低垂的草叶阴影里，也黏着男女之间化不开的情感和欲望。

汗珠从鹿野的太阳穴滴落，顺着脸颊流到下巴，渗进领口。

虽然已过晚上六点半，外面的天色依然明亮。茅蜩的鸣叫为这个糜烂的街区带来了哀愁，晚睡的油蝉怕人们忘记白天的溽热，兀自叫个不住，十分恼人。

夏天——这个讨厌的季节又来了。

---

① 日本传统长度计量单位，一间约为一点八二米。

只有一尺见方的窗户与外界连接的小房间里，鹿野忍受着令人不快的闷热，露出职业的笑容。

一个男人倏地在窗前停下脚步。

看不到他的脚，但他穿着干净利落的洋服，从呢帽到西装都是统一的茶色调。西装做工精细，可见是个注重仪表的男人。他陡然停下缓缓在脸边扇风的扇子，转向鹿野，盯着她看。扇子上画了寥寥数笔紫阳花，虽然是有些女性化的图案，却意外地很适合他。

鹿野开口时，比职业口吻多了些许亲昵。

"怎么样？"

然而男人打量了鹿野片刻，一语不发地转身离去。鹿野丝毫没放在心上，这是常有的事。

不久，另一个男人在窗前站定。此人胖乎乎的，从身材到衣着都透着猥琐。他立刻打开旁边的板门，走了进来。混杂着油腻的体臭，伴随干燥的泥土气息飘进屋内。鹿野开了个高于行情的价钱，男人果然嫌贵要杀价，但鹿野坚持不让步。她并非怀有可笑的矜持，不愿贱卖自己，但同样的劳动，能多赚一文也是好的，反正她知道男人最后会点头。她只是没有同意降价的理由。

鹿野今年二十六岁。虽然年岁已长，但她很清楚，无论姿色还是技巧，自己在这一带都是上等货。比起只有年轻可取的小姑娘，很多客人更喜欢花到盛时的成熟女性。

不出所料，男人终于低低啧了一声，放弃砍价。鹿野暗自鄙夷这男人，还不如一开始就痛快答应。她关上窗，和男人一起往里走。不知是砍价失败后的泄愤，还是想稍微捞回本的下作，男人紧紧掐着她的臀部。虽然感觉不爽，但这一行做久了，与其费心思婉转劝说，她觉得还不如麻木忍受来得轻松。

她原以为会有所改变。

期待只要杀了那男人，或许就会回到原点，让一切都还未发生，可以从头来过。

然而，一切都没有改变。

明明顺利杀了那男人，如愿杀了他，可是今天、明天、后天，还是要被男人玩弄，过着身心俱疲的日子，直到这副身躯腐朽为止。

一切都不会改变。

鹿野也曾想过，干脆心灵或身体，或者二者都赶快腐朽算了，反正没有人希望她活下去。但讽刺的是，她的身心却意外地顽强。最近她开始觉得，恐怕自己最先丧失的是作为女人的价值。无论是活着，还是活不下去，对她而言都没有意义。

鹿野和男人一起踏上通往二楼的楼梯。蝉鸣愈发响亮，仿佛在抗拒夜晚的到来。

第一次见到那男人，也是在炎热的夏日。那是个阳光将地面照得发白，油蝉从天而降的合唱搅得人头昏脑涨的午后。男人的手臂上有一个蝉形的胎记，所以每到夏天，听到油蝉的鸣叫，她就会想起那天的事。

从那天起，她的命运发生了巨大的改变。在走投无路的情况下，她被迫沦落风尘。

蝉声从背后追来，无论她走到哪里都如影随形。

鹿野生长在面向骏河湾的渔民小镇，虽然不是都市，但并不冷清，渔获量与附近的渔场相比更为丰富，不分昼夜都充满活力和喧闹。作为繁荣城镇的常态，据说在高台区域的繁华地段，有在业界规模也属可观的花街。只是鹿野少时离开小镇，此后再未返回，因此不曾亲眼见过，今后大概也不会见到。

那个盛夏的午后，陌生男人带着手下突然闯进鹿野家。男人自称植田，不晓得是不是真名，但名字的真假无关紧要。当时鹿野虚岁十四。自然，那时她不叫"鹿野"，还有父母为她取的名字，但那也同样无关紧要。

植田是镇上的流氓，他坐在横框①上，扯着破锣嗓子。鹿野清楚地记得当时的情景。植田的厉声恐吓让她心生畏惧，但她注意到他卷起袖子的右臂上，有一处形似蝉翼的胎记，就像一只蝉停在手臂上，有点可笑。

据植田说，父亲欠下了巨额赌债。鹿野的吃惊是不消说了，对母亲也不啻晴天霹雳。

父亲是渔夫。在鹿野的记忆中，他不算特别能干，但也不差。家里虽然摆不起阔气，却并不穷苦，一家人没挨过饿。父亲沉默寡言，为人冷淡，不会逗孩子玩，也不娇惯孩子，但他不酗酒、不家暴，无论从好的一面还是坏的一面来说，都是个存在感淡薄的男人。鹿野不清楚他是如何沉迷赌博，以至于负债累累的，她对来龙去脉不感兴趣，就算知道了也于事无补，重要的是，这是确凿无疑的事实。

家中兄弟姐妹四人，身为长女的鹿野不久便被卖到东京的游廊②。那是怎样的地方，得做些什么事，十四岁的鹿野也隐约有数。谁家女儿被卖去游廊，谁去都市做女工就此沦为妓女，从大人们的聊天里她时有所闻。她为自己的境遇感到悲哀，但更多的是无可奈何的认命。那时她完全没有反抗的想法，没有对世道的质疑，也没有对父亲的怨恨。

---

①日式住宅中铺在入口处，与屋内地板同高的一条横木。
②政府划定的红灯区。

前往东京的那天早晨，没有一丝夏日的气息，仿佛要压垮世界的厚重云层笼罩着天空。但她并不觉得这是前路茫茫的暗示，也不曾为此心生感伤，至少她没有这样的记忆。

带她去东京的是植田。尽管明白自己的处境，但离开生长的小镇，从此在东京生活，十四岁的鹿野内心还是隐隐有些兴奋。那不是少年人的冒险心态，也不是对未知事物的憧憬。鹿野心头有种无处宣泄的郁结，倒不如说是在决定去东京之后，她才第一次发现内心深处藏着渴望呐喊出来的闭塞感。

鹿野自幼就不擅长人际交往，尤其怯于应付多人聚集的场合。她交不到朋友，小学也只上了两年就不去了。在镇上别说知心的朋友，连可以轻松聊天的熟人都几乎没有。因此，无论出于什么契机，只要能离开这个小镇，都会让她有种解放的感觉。

她在栖身的妓院打杂了两年，初次接客是在虚岁十六岁的时候。因为法律规定妓女必须年满十八岁，鸨母嘱咐她如果客人问起年龄，要回答是十八岁。

此后忽忽十年过去，鹿野还清了束缚自己的债务，也成功离开了那间妓院。她觉得自己在这一点上还算幸运，只要想脱离风尘，随时可以实现。然而漂泊至今，尽管地点和形式变了，她依旧靠卖春维生。

她完全无意回到故乡。来东京的前几年，她和家人还有书信往来，但从一开始，家人信上的歉意和关切就不过是门面话，没过多久就一味要钱。鹿野主动断绝了和家人的联系，在故乡也没有想见的朋友。

从十四岁起她就陷在花街里讨生活，对外面的世界一无所知。她连小学都没毕业，离开了花街，她也不觉得自己能做正经的工作，能过上普通人的生活。在东京这座城市，到头来她也没交到称得上朋友的人，没有可以依靠的知己。她甚至不知道这一切是不是自己所期待的。没有可以回去的地方，事到如今就算离开花街，可以想见她也会被孤独压垮，逐渐朽烂。即便是污秽的色欲，至少这里有人需要她，她可以安心待下去。坦白说，这是不是出自她的本心，鹿野也不甚了然。也许是为了欺骗自己的权宜之计，也许只是依从惰性放弃了思考。无论实情为何，她自愿继续当妓女是事实，她对此也心知肚明。

就这样，鹿野委身于千住的私娼寮，一年过后的梅雨季末，伴随着夏日到来的气息，犹如蝉破土而出般，她与植田时隔十二年再次相遇。

傍晚时分，连绵到午后的雨已停歇，在迟迟不落山的夕阳炙烤下，空气中弥漫着泥土的湿润气味。

"姐儿，你可真漂亮啊。"

男人隔着方窗搭讪的瞬间，鹿野就发现他是植田。被他带到东京那天之后，两人再也没有见过面，但她不可能听错他的声音。

植田似乎完全没认出鹿野。这也难怪，十二年前她还是个黄花闺女，对男人、化妆和人世的空虚都一无所知。如今她的脸上不可能还留有当年的影子。她不知道植田是否仍在干贩卖女人的勾当，但他此前必定卖掉了几十、几百名少女，哪会记得每个女人的模样。

虽然内心惊涛骇浪，但鹿野惯常挂着的虚假笑脸应该没有走样。

听到他问价，鹿野差点儿报出平时的价码，但立刻改口开了个这一带铭酒屋的平均价格。往常只有在没什么客人的深夜，她才会开出这种价格。此时鹿野心里还没有任何打算，但她迅速判断出绝不能错过这个机会。

植田默默点头,打开了拉门。鹿野做出一脸媚态,挽住了他的臂膊。他的声音有种流里流气的凶悍,但既没有足以震慑他人的体格,也没有可堪俯视他人的身高,不过手臂的确肌肉发达。

在里面的厕所清洗后,两人来到二楼的房间,点上如今已成为旧式照明的纸罩座灯。植田盘腿坐在被褥上,吹着欢快的口哨。

"你心情好像蛮不错的,是有什么好事吗?"

"因为遇到了你这样的美女啊。"

"哎哟,你嘴巴真甜。"

"这可不是恭维。不过最近工作是挺顺利的。"

"真是羡慕。你是做什么的?"

鹿野在植田身边坐下,佯作平静地问道,内心却很紧张。

"我啊,是卖女人的。"

他的语气里没有一丝羞耻,也全然不觉亏心。对烟花女子说这种话,他毫无负罪感,反倒有几分洋洋自得。

"我可不光是从缺钱的人家收买女人,还会让看中的女人家里背上债务,有时要花上好几个月的时间,安排得滴水不漏。如此这般,一切都照我的计划走,把女人弄到手的那一刻,再快活也没有了,爽翻天喔!"

满腔的喜悦化为含混的笑声,倾泻而出。

油蝉的叫声传来。鹿野的心脏怦怦直跳,没来由地血行加速。

"你可真坏。"她拼命稳住颤抖的声音,"要怎样让人背债呢?"

"这很简单,要么女人要么赌博,足以让大多数男人堕落。"

蝉鸣不止。

回过神时，鹿野已绕到植田背后，嘴唇吻上他的脖颈，同时拉开他的纱罗和服。她这才发现植田的背上有刺青，而右臂的确有那个蝉形的胎记。

蝉声愈发聒噪，一如十四岁那年的夏日。

蝉声搅乱了她的思绪。

令人视线模糊的溽热。依稀可闻的海水的气息。在横框上扯着破锣嗓子的植田。畏怯的母亲。事不关己般观望的自己。第一次搭火车时的汽笛声。上野车站令她震撼的汹涌人潮。然后，是人的尊严和生存的意义被悉数剥夺的十二年。

——必须杀了这个男人。

这个结论是如此不言自明、理所当然。

熊熊燃烧的愤恨之火不是激情，而是犹如通红的炭火般，平静却释放出炽烈热度的感情。内心深处涌动着一股不明所以的情绪，就像黑色的泥浆在翻滚沸腾。这是对自己的愚昧与命运的后悔，或者说愤怒。

她并非出于义愤，认为不能任由植田逍遥自在，不能再出现更多的受害者。鹿野沉迷于一种妄想，觉得杀了这个男人，或许就会有所改变，或许就能回到那一天，从头来过。

她不知道植田现下的据点在哪里，也不知道他在东京买春的频率。但从游廊的公娼到私娼寮的妓女，再加上驿站的陪睡女郎、澡堂小姐和晚上出来站街的流莺，仅在东京就有不下一两千卖身的女人，或许有四千、五千甚至更多。如此之多的娼妓当中，偏偏就是鹿野遇到了他。

这是上天赐予的幸运。

——我非杀了植田不可。

植田压到了她身上。麻木地重复着每天都会发生的行为时，鹿野确认了内心的杀意并任其滋长。

当然不能在这间屋子里杀人。这里不像游廊有看守人或鸨母，某种程度上比较自由，但外出抛尸风险很大。包括准备工作在内，不可能在没有任何人起疑、察觉的情况下顺利完成，而且房间里必然会留下痕迹。如果尸体在这附近被发现，警察查明是有人抛尸，或许会逐一搜检铭酒屋的房间。

总之，必须想办法在外面跟植田见面。为此有必要构思周密的计划，让他再来一趟。

鹿野一边发出淫靡的喘息，一边全力思考。

植田达到高潮时，窗外响起油蝉垂死哀号般不成调的叫声。夏日的天空似乎也终于放弃挣扎，即将隐没在黑暗中。从窗外吹来的雨水的气息，微微掺杂着男人的精液味。

"怎么样？"

鹿野伸出食指，轻描躺在一旁的植田的上臂。大颗的汗珠化为水滴，一滴接一滴地滴落。

"还不错。"

"大哥是东京人？不过好像没有口音。"

"怎么问这个？"

植田转过脸，语气变得严厉。鹿野弯起嘴角，露出笑容。

"因为想你再来啊。"

"你这样的姿色，应该不愁没客人吧？"

"这是在夸我吧？好高兴。"鹿野将额头靠在他肩上，"抽烟吗？"

"嗯。"

植田的敷岛牌香烟盒就放在枕边，鹿野抽出一支递给他，用火柴点燃。他怡然地吞云吐雾起来。在灯火的映照下，烟雾泛着橙黄色的光芒，朝着天花板飘散。

"对了——"鹿野撑起上半身问道，"我有个赚钱的机会，你要不要入伙？"

她并没有具体的筹划，只是觉得要讨植田的欢心，这大概是最好的策略了。

植田慢悠悠地在烟灰缸里揿熄香烟，抬头望向鹿野。

"赚钱的机会？那要看是什么机会了。"

看样子他并未起疑，带着几分愉悦的感觉。

"说的也是。不过——"鹿野压到他身上，轻啄他的耳垂，呢喃道，"今天还不能透露，要等你下次再来。"

她顺势低下头，用舌尖爱抚他的胸膛，汗水的味道在嘴里弥漫开来。

"要不要再做一次？特别奉送的。我好像真心喜欢上你了。"

植田双手环住鹿野的背，一个翻身交换了上下位置，粗暴地揉搓起鹿野的乳房。

如果植田就此不再登门，那也莫可奈何，只能认命放弃。然而奇怪的是，鹿野确信植田必定会再次前来。并非凭直觉从他的言行揣测得出，而是她有种预感，吹向自己的命运之风，无论是成功复仇还是被反戈一击而死，都会迎来结局。

第二次交媾时，蝉声已不再传入耳中。

四天后，植田再次来找鹿野。初夏吸足了人们的汗水，横亘在夜色中。

内心的确信从未减弱，但鹿野并未因此而安心，只是在心中冷静地感慨，离结局又迈进了一步。

完事后，植田像四天前那样抽起了烟。到了夏天，男女交合的气味变得更加浓厚。这街区每晚重复几百、几千次的臭气如云霭般飘荡，懒洋洋地缠绕不散。为了驱走这股臭气，鹿野也点上了香烟。她偎在植田身旁，闻着燃烧的烟草味道，沉静地开口：

"有个做纺织业的男人，姑且叫他源五郎吧，靠前年的欧洲大战发了财，也就是所谓的暴发户。他最近迷上了这边一个叫S的小姐。"

"这种龌龊的私娼区他也光顾？"

"偶尔也是有的。吉原的游廊并不是样样都顶尖，每个人的喜好、个性也不一样，尤其对女人的口味和床笫之间的花样。"

"明白了，你继续。"

"源五郎每周都在固定的日子、固定的时间去找S，而且每次都怀揣两百元巨款。虽然不能透露来源，但这个消息是可靠的。来这里的时候他都是独自一人，没带身强力壮的保镖，这一点我已经亲眼确认过了。说到这里你也明白了吧，只要袭击源五郎，就能轻松到手一大笔钱。稍加威吓，他就会乖乖把钱交出来，毕竟这笔钱还不值得他拼死抵抗。对你来说，这应该是小菜一碟。"

她一口气说完，等待植田的反应。不消说，这只是她为了在外面跟植田见面编造出来的故事。

"为什么要告诉我？"

"为什么？因为我一个女人办不到啊。"

"我不是这个意思。为什么找上萍水相逢的我？"

"就是萍水相逢才好，干完一拍两散，不留后患。"

植田坐起来，自行点上第二根烟。鹿野披上襦袢①起身，在

---

①和服下贴身穿的衬衣。

窗前坐下。结构相似的房屋鳞次栉比，窗户下方，屋后有条黑乎乎的水沟。最近连续晴天，沟底只有少得可怜的黑色淤泥在流动。

"星期几的几点？"

"你先答应动手，我再告诉你。要是被你抢了先，我可就亏大了。所以最重要的信息，我要到当天再跟你说。"

"怎么分成？"

"一人一半，不讲价。"

鹿野刻意表现得很强硬。这不过是子虚乌有的赚钱机会，即使让步也不会有任何实际损失。但如果这是事实，提议的一方想来会坚持五五分不让步。难得握在手心的情报，不分上一半有什么赚头？既然如此，不这么要求就显得很假。她必须绝对避免计谋被识破。

植田将一根烟吸完，凝视着染成淡橙色的纸拉门。随风飘来远处男人的咆哮声，不知是打架还是争吵。鹿野吹散滞留在室内的烟雾。

"不消片刻就能赚到一百元，还没有危险，这买卖不赖吧？"

鼓动的话只能点到为止，越连篇累牍，越透着虚假，只会加深他的疑心。

"好。"植田缓缓点头，"我干了。"

又朝结局迈进了一步。鹿野漠然地想。

"是吗？谢谢。今天怎么办？"

"什么怎么办？"

鹿野一言不发地靠近植田，连襦袢一起从后方裹住坐在被褥上的他，用舌尖轻柔爱抚他的耳垂。他没有制止。

* * *

那天,从黄昏时分开始下雨,到夜幕降临时已可称为暴雨了。据说是即将来临的台风为关东地区带来了大范围的雨层云。从屋檐垂落的雨滴形成了一道水帘,仿佛在拒绝外人进入,窄路上积水如小溪般流淌。街上只剩下敲击的雨声和水沟里轰隆的闷响。即使是这样的日子,铭酒屋街的灯也没有熄灭。受雇于人的妓女不能随意休息,可以自主接客的女人若是休息,便会损失场地费用。也有人想趁这种时候便宜买春,因此客人虽比平常少了许多,却也不曾绝迹。只是人们的脚步声、话语声都被响彻的雨声淹没,行人的动静从街上消失了。

鹿野从傍晚就关上窗子不接客,专心等待植田。

今天是约定袭击源五郎的日子。换句话说,是动手杀害植田的日子。

虽然还有时间接客,原本她也想过这样能排遣心情,但大雨让她改变了主意。反正不会有好主顾登门,不如休息一下,为行动做准备。

晚上十点,植田如约而至。

他卷起白色箭翎图案浴衣的衣摆,一进来就破口骂道:"这什么鬼天气!"此时,雨势相较之前的暴雨已有所减弱,但还是大到令人视线模糊。植田拿鹿野递过去的手巾擦着手脚。

"这么大的雨,源五郎还会来吗?"

"不知道。"鹿野只能这么回答,如果熟悉到可以一口咬定也不自然。"不过,这场雨正好避人耳目,或许倒是场及时雨。"

对鹿野的计划来说,这场雨同样是及时雨。不,雨对杀人的帮助远比对抢劫要大。外出的人减少,就不易被人目击,手持雨伞也可以自然地遮住面孔。有了雨声的配合,杀人时动静被听到的危险也降低了。雨水还会冲刷掉许多痕迹。

当附近的老板娘告知今晚会下大雨时，鹿野感到这是上天在护佑。从植田偶然出现在眼前的那一刻起，一切似乎都已安排妥当。这让她也觉出几分可怖，莫非自己只是受天意的操纵？即使如此也无所谓了，她要亲眼看到上天准备了怎样的结局。

鹿野将一张纸递给植田。

在离这里半町①远的铭酒屋街的尽头，有一间沿铁路而建的小屋，纸上是详细记录了前往小屋路线的地图。她简洁地说明，要在此处等待源五郎。

鹿野轻轻打开一尺见方窗户的盖板，窥视外面的街道。确认无人后，她让植田先独自前往，以免引人注目。这是为了防止被人撞见她和植田在一起。等他的身影消失，鹿野从小房间角落拿出藏在束口袋里的绸巾包袱，将沉甸甸的包袱悄然纳入袖兜，再次确认街上无人后，她也出了门。

鹿野快步穿过复杂的街巷，顺利抵达目的地小屋。路上与两个看似嫖客的人擦肩而过，但她用油纸伞遮住了脸，穿的又是细密十字图案的朴素和服，应该看不出是妓女。

紧靠着铁路线，有一条杂草丛生、像是乡间小道的碎石子路，那间小屋就孤零零地伫立在这条路上，背对着铁路边的木栅栏。铁路的另一侧，是条杳无人迹的荒凉小路，路边所有建筑都背向而建。确认小屋周围无人后，鹿野悄悄打开拉门。黑暗中，一个男人举起手。光线太幽暗，连和服上的花纹都看不见。

"你没迷路吧？"

"没有，地图很好懂。"

听声音是植田无疑。鹿野松了口气，收起雨伞，钻进小屋。

---

①日本的长度单位，一町约一百零九米。

关上门后，周遭的黑暗更加深浓，但植田划了根火柴，耀眼的火焰照亮了小屋内部。

这是间只有一叠①大小的狭窄小屋，靠铁路那侧的墙边堆放着旧木箱。

"这里是什么地方？"

烟头的火光隐约映红了植田的脸。

"不是很清楚，感觉是仓库。现在应该几乎不用了。"

其实，这一点她已经确认过了。探查这间小屋的事日后败露会很被动，因此她并未详细打听，不过前几天她在白天潜入查看时，发现地板和木箱上都积了一层灰，看样子至少一个月无人出入了。

当她开始思索计划时，脑海里立刻浮现出这间小屋，实地看过后，发觉这是比预想中更合适的地点。

小屋里充斥着含有湿气的木材和霉菌发出的酸腐味，但没有漏雨。

鹿野指着入口左手边的墙壁。

"源五郎应该是从路的那头过来，这面墙的正中央，大约齐胸的高度不是有个节孔吗？你能不能从那里监视外面？"

"哦，这个吗？"

植田摸了摸墙壁，圆形的朦胧光线若隐若现。这个孔连小指都塞不进去，但监视外面毫无问题。这是前几天的深夜，鹿野偷偷用凿子凿出来的。

"你还没告诉我，源五郎长什么样子。"

"是喔。不用担心，他长得很有特色，一眼就能认出来。身

---

①叠，即日本的榻榻米，日本以叠为日式房间的面积计量单位，一叠约合一点六二平米。

高不到五尺，胖得滚圆，体形就像颗蛋。他总是穿着西装，戴圆顶礼帽。"

"原来如此，那就不可能认错了。"

想也知道，这一切都是鹿野信口开河。将外表描述得如此有特色，也就不会有相似的路人经过。

"我从这边墙上的洞里监视路的另一头，以防有人过来。那就拜托你了。"

"等一下。"植田掐灭了香烟，小屋再次陷入黑暗，"我想去小解，还有时间吧？"

"……嗯，应该没问题。"鹿野微一犹豫，有些勉强地点了头，"不过千万别被人看到你进出小屋。"

植田打开门，拿起立在一旁的洋伞出去了。鹿野从窥视孔往路的左右两边看，依旧没看到任何人影。

背靠着墙壁，鹿野轻吐了一口气。警惕是必要的，但过分神经质也没意义。旁边的铁轨上有火车驶过，黑沉沉的小屋里顿时充满噪音和震动，隔着墙壁，鹿野的后背被震得微微发颤。

鹿野将后背离开墙面，从袖兜里取出绸巾包袱，小心翼翼地打开。很快，一个坚硬、冰冷的金属块出现在眼前。

是手枪。

这是一年多前，她在新宿的妓院工作时购买的。当时那一带连续发生妓女被杀害的事件，于是她通过报纸上的广告，向进口杂货店买了这把枪防身。价格自然不便宜，但她觉得生命是无可取代的。店主十分自信地告诉她，这把枪虽然只有手掌大小，极近距离的杀伤力却无可挑剔。所幸此后枪只起到了护身符的作用，从未有机会用到。

正因为有这把枪，鹿野才下定了决心。以女人的体力，很难杀死强壮的男人，但只要有手枪，那就不受条件限制，即便是柔弱无力的女人也能轻松做到。不过要是她手里没有枪，她就不会特地去买了。如果发现遭到枪杀的尸体，警察想必会调查这一带最近有没有人取得手枪，她不能冒这种风险。但若是一年多前买的枪，还是在偏远的街区，就很难被查出来了。

手枪的缺点是枪声刺耳。鹿野直到最后一刻都在烦恼，是否应该改为用刀刺杀。但因为这场雨，她最终决定用枪。坦白说，她不确定自己有没有勇气持刀杀人，但感觉用枪就能做到。从前买的这把手枪，仿佛就是为了今天准备的。

鹿野感受着专为杀人制造的凶器纯粹的重量，反复思量自己的决断。

这次她没用绸巾把枪包起来，而是直接藏进袖兜里。话说回来——

"好慢啊……"

鹿野喃喃自语。

虽然只过了五分钟左右，但以男人小解的时间来说，未免太久了。

鹿野开始感到不安。莫非，植田察觉到这一切都是骗局……

是不是自己有什么地方露了马脚？她回顾今天和植田见面后的言行，并未发觉不妥之处。话虽如此，在道上混的男人往往直觉敏锐。或者应该说，直觉不敏锐就活不下去。或许他已察觉到鹿野告知的计划含糊而草率。是否还看出了鹿野的杀意暂且不论，他很可能感受到了陷阱的气息。

在充满夏夜潮湿腐臭气息的小屋里，鹿野叹了口气。

如果这就是上天准备好的结局，余味也太糟糕了。她只能安慰自己看开点儿，如此胆大妄为的计划，不可能实施得那么顺利。保险起见，还是在附近找找植田，倘若找不到，就只有果断放弃了。下定决心后，正要伸手去开门，门却开始移动，发出喀哒喀哒的声响。她的心脏猛地一跳。

"抱歉，回来晚了。"

是植田的声音。门一开，眼前陡然现出一张脸孔。

"你好慢啊。"

鹿野按住胸口，故意冷冷地说，以免他发觉自己内心的震动。他转过身，甩掉洋伞上的雨滴。

"想找个淋不到雨的地方小解，怎么都找不到，反倒淋成了落汤鸡。"

植田关上了门，小屋再次没入黑暗。没事，他没发现。鹿野按捺住狂跳的心脏，退到小屋深处。

"源五郎随时可能到来，麻烦按照计划行事。"

影影绰绰地看到植田默默点头，观察起墙上凿的小孔后，鹿野也望向另一侧的小孔。

敲打在屋顶和墙上的雨声嘈杂，奇异的是，她却感觉小屋里充满静谧。外面雨水笼罩的迷蒙世界里，人的动静也全然消失，这方天地仿佛被世界遗弃了。鹿野悄悄从袖兜里取出手枪。

她握紧枪，回过头。

植田的姿势不变，依旧保持微微弯腰的姿势盯着节孔。事件发生后，警察会从他遭受枪击的情况做出何种推测呢？会不会发现墙上凿的小孔，甚至判断出他当时在看那个孔？种种念头在脑海中萦绕，鹿野摇摇头，这些都不重要了。

又有火车从旁边的铁轨上驶过，周遭充斥着钢铁与蒸汽产生的噪声。刺耳的金属摩擦声格外响亮，听来恰如油蝉的鸣叫。鹿野举起手枪，对准植田的后背。她的枪口直指心脏，手没有一丝颤抖，冷静到自己都觉得不可思议。他的心脏距离枪口不到三尺，这个距离绝无可能失手。

——跟我一样，下地狱去吧。

汽笛声震撼了黑暗，同一时间，鹿野扣动了扳机。

伴随着超乎想象的后坐力，鹿野的后背撞到了墙上。

植田的身体慢慢往下滑，发出不成声的、野兽般的呻吟。他像举手投降似的，双手撑在墙上，屁股抬起，以这种可笑的姿势滑落。鹿野朝他身体上又开了一枪，他抽搐着，双手垂落，仿佛是将死的信号般，呻吟声也止歇了。

鹿野喘着粗气，稍稍打开小屋的门，微弱的光线透进来，依稀可见穿着白色箭翎图案浴衣的身影蹲伏在地。但她还不能逃走。

她轻轻将手伸向尸体，尸体顺势倾斜。她低低惊呼一声，缩回了手。不过，他看起来确实是死了。鹿野斥责自己，现在可不是只顾着害怕的时候。她小心地避开血迹，在植田身上摸索，想找出刚才交给他的地图。虽然应该不会由此牵扯到自己，但最好还是别留下可能成为线索的东西。然而怀里、袖兜里、腰带里——找过，始终不见踪影。

于是鹿野放弃了。她只是粗粗找了一下，可能会有疏漏，但再在这里磨蹭下去就危险了。没准植田找到小屋时，就将地图丢在了外面。

鹿野拿起自己的油纸伞，打开门走了出去。

没问题，外面一个人也没有。也没有人赶来的迹象。

鹿野瞥了一眼维持着祈祷般的姿势断气的男人，迅速关上小屋的门，在碎石子路上拔腿飞奔。通过这段路后，她不再奔跑，切换成自然的步伐。奔跑反而很显眼，会给人留下印象。

85

她没有径直往回走，而是先到铭酒屋街外绕了个大圈子。途中她与数名行人擦身而过，但似乎谁也没有注意到枪声，脚步都很平稳。在雨伞的遮挡下，看不到彼此的脸孔，巡警没有出现，也没听到喧闹声。经过隅田川上的桥，确认四下无人后，她将行凶的手枪丢弃。汹涌的水流转瞬就吞没了手枪。

她知道自己不辨地形，为防迷路，时刻注意自己所在的位置，小心翼翼地前进，最后顺利从与小屋截然不同的方向回到了铭酒屋街。

按照规定，店里只能营业到晚上十一点。在此之前可以将客人带进房间，十一点后就不得拉客，如果被警察发现，将会遭到处罚。其实在吉原公娼街以外的地方卖春都属违法，规定也好处罚也好，从根上就很奇怪，但总之就是这么回事。因此，过了晚上十点，想揽最后一位客人的妓女和想捡便宜的男人之间就开始讨价还价。晚上十点半是人还很多的时刻。

不过，今天这种天气，寻芳客的身影已经早早从街上消失了。当下没接到客的妓女，想必也都破例放弃拉客，关店休息。再加上鹿野娴熟利用后街小巷，进入街区后没遇到任何人。虽然不能排除有人隔窗看到的可能性，但伞遮住了她的脸，应该不会引起怀疑。

回到自己店里，关上拉门的瞬间，紧绷的身体顿时松弛下来。她只觉得全身脱力，摇摇欲坠，就势像融化似的蹲在了脱鞋处，感觉自己好似暴露在夏日阳光下的冰点心。

雨声悦耳，仿佛为她洗去一切罪孽。

雨声久久不曾止歇，鹿野也久久地蹲在脱鞋处。

男人身穿竖条纹的浴衣配兵儿带，但不知是剪裁好还是穿得好，抑或兼而有之，并不会给人寒酸的印象。包括微微斜戴的平顶帽，都显得颇为雅致。

尽管白昼已逐渐缩短，下午六点半的天色还很明亮，鹿野一打开窗户的盖板，似乎等候已久的男人就成了今天第一位上门的客人。不过，他的确是初次见面的客人无疑。客人过去有没有来过，这方面的记忆力鹿野很有把握。

男人当即指定了较长的时间。从他的谈吐也可以感受到他的风度和才情，更有种风月老手的优雅，看来是个好主顾，也没有不知趣地杀价。对鹿野来说，长时间的好主顾值得欢迎，然而，男人的气质与普通的寻芳客不同，有种难以形容的不协调感。

鹿野直觉认为他可能是刑警，但她不知道警察是否会隐瞒身份进行调查。

距离案发已过去了约两周时间。

幸运的是，当晚尸体并未立刻被发现。据说是在雨散云收、晴空万里的翌日早晨，住在附近的老人闻到微微的血腥味和排泄物的臭味，打开小屋的门发现了尸体。此后有几个人做证称，昨晚听到了类似枪击的声音，但当时谁也没有起疑，至少没有人冒雨出去查看。

鹿野无须再去打听，这家店的老板娘阿吉自会详详细细地告诉她。现在街上似乎都在谈论这个话题。

案发后，有刑警拿着照片来找鹿野，问她有没有见过这个男人，但他只是对这街区的住户进行排查，不像是起了疑心的样子。事实上，从那以后警察再也没有来过。

植田死了。

然而，鹿野还不能辞掉这份工作。她觉得现在辞职会引起怀疑，还是等风头过去再行动。

她将滋生的猜疑藏在心底，戴上惯常的微笑面具，将戴平顶帽的男人引上二楼。

男人一进房间，就坐到敞开的窗框上。窗外有一个狭小的露台，盆栽的长春花开了几朵淡红色的花。

"今天也很热啊。"

"所以水沟臭气熏天。那边很臭吧？"

鹿野一边点上蚊香，一边说道。

那场大雨过后，一直艳阳高照，仿佛夏日最后的洗礼。闷热的空气散发出懒散的味道，屋后水沟的臭味也越来越浓，只要待在这条街上，就无法摆脱腐臭。

男人含笑说了句"确实"，却没有挪地方，而是取出插在腰带上的扇子，对着脸扇起风来，霎时搅动了蚊香飘出的烟雾。

"啊！"鹿野轻声惊呼。

"客人，你是不是几天前站在窗外看过我？记得你当时穿茶色西装，戴着呢帽。"

男人扇子上画了寥寥数笔紫阳花，鹿野对那图案有印象。

"嗬！"男人发出佩服的声音，"你说得没错，真是好记性。"

"碰巧罢了。你的扇子令人印象深刻。"

那是四天前的事。如此说来，他当时就看中了自己，只是没有时间，今天才再次登门？

"对了，"男人望着窗外说道，"听说两周前，在附近发现了一具男尸。"

鹿野全身一僵。与单纯的闲聊不同，男人的语气透着笃定。

"好像是。不过我听说没查出死者的身份，现在还是这样吗？"

"是啊，至今仍身份不明，凶手也还没找到，连有力的线索都没有。"

"你很了解情况嘛,该不会是警察?"

鹿野试探问道,但男人回了句"怎么可能",一口否认。

"不过,我通过朋友,向警方的人打听过案情。"

"原来如此。"

这个男人的目的何在?鹿野苦苦思量。

虽然他矢口否认,但的确就是刑警吧?因为对她心存怀疑,秘密前来接触。但如果真是这样,应该不会问得这么直截了当。伪造身份也没有意义,至少不会透露他与警察的联系。

而且如果有证据显示鹿野涉嫌,直接逮捕她讯问或拷问即可。平常宣称现代国家不搞拷问这一套,实际上衙门的作风依然如故。她想不出假扮嫖客秘密前来调查的理由,最重要的是,男人散发出的气质与警察明显不同,从他身上感受不到隶属组织的人特有的傲慢和卑微。

鹿野心想,他说不定是侦探。虽然没实际遇到过,但她知道有这样一类人,不是警察又以调查案件为生。男人接下来的话,更加强化了她的推测。

"关于那个遇害的男人,你是不是知道些什么?"

不出所料,鹿野在心里点头。

"原来是这么回事。你是从警方那里得知,遇害的男人来过我这里吧。"

案发三天后,有刑警带着照片上门,问鹿野是否认得此人。虽然颇为紧张,但她自觉应付得还算圆满。因为怕暴露自己的颤抖,她没有伸手接过,只是细觑刑警递出的照片。地点像是在小屋前的碎石子路上,尸体被放在草席上,从正上方拍摄。照片拍到了上半身的大半,箭翎图案浴衣的胸前看似被血迹染得发黑。

这是植田的照片无疑了。

鹿野告诉刑警,此人几天前好像来过,因为料想刑警会来访,这是她事先斟酌好的回答。除了案发当晚,之前植田来过两次,倘若植田自己向人透露过,或者有看到他进入店里的目击者出现,说谎就会成为致命伤。他偶然来过这家店是事实,因此鹿野得出结论:最好不要隐瞒。

听了鹿野的回答,刑警很是振奋。但鹿野提前声明,因为这一行性质特殊,她向来尽量不去留意客人的长相来历,人死之后脸给人的感觉也会不同,无法轻易断定。然后就一味摇头,表示即使接待的是死者,也只是客人和小姐之间的那码事,此外一无所知。

鹿野暗忖,倘若刑警提及植田手臂上那个特别的胎记,她就不得不承认了。如果说自己没有注意到,未免太不自然。然而刑警并未提到那个特征,看神情也并不那么沮丧,很干脆地离开了。

案发五天后,听了老板娘的话,她才明白个中缘由。根据被害者的外貌、身上的刺青,再加上迟迟无法查明身份,警方研判为赌徒或是流氓之间的纠纷。既然如此,鹿野期待警方或许不会认真侦查。

事实上,热心搜集案件消息的老板娘也抱怨说,从那以后都找不到关于植田命案的新闻报道了。侦查毫无进展,警方看来也不甚积极。

此外,鹿野没告诉老板娘死者曾经光顾过自己,她也没有理由刻意宣扬这种事。

戴平顶帽的男子大概是侦探,受某人之托调查植田的命案。鹿野推测他是从警方人员那里得知,被害者曾来过这里。

但他再次发出"嚄"的一声赞叹。

"原来案发前遇害的男人来你这里买过春啊，那是什么时候的事？"

鹿野怀疑他在装傻充愣。

"说得好像你不知道似的。"

"我是第一次听说啊。"

"那你为什么会跑来这里，说我应该认识死者呢？这根本自相矛盾。还是说，这一带的妓女你挨个上门套话，问她们认不认识死掉的男人？"

说着说着，鹿野感觉因为紧张而越说越快，她告诫自己要冷静，不可能有人发现她与植田的渊源，况且连尸体的身份都尚未查明。

"哎呀，有什么关系。"男人依旧拿扇子在脸边扇风，不以为意地说道："我不会勉强你的。方便的话，能不能跟我讲讲他来这里时的情况？"

鹿野有种脱力感，从鼻子轻呼一口气。真是个捉摸不透的男人，奇异的是，却感受不到他的恶意。

窗外的小小天空渐渐染上蓝紫色，仿佛在催促这条街开始营业。茅蜩懒洋洋的鸣叫，让房间里的沉默有了意义。鹿野点上纸罩座灯，在铺位上舒展双腿。

"可以，不过快活的时间就少了哟。"

"无妨。"

"不过，也没有什么了不得的事。他只是碰巧以客人身份来过，至于是不是被杀的男人，我也无法确定。他的右臂上有个像蝉一样的胎记。"

鹿野重复了一遍向刑警说过的话。无论男人的真意为何，她没有必要隐瞒告诉过警察的事。她只是在无关紧要的限度内，讲述了植田光顾时的情形和说过的话。一开始提到的手臂上的胎记，她并未告知刑警，但这也是一查便知的事，没必要刻意隐瞒。

等她说完，男人道了谢，离开窗边，坐到她正对面。

"可否请教你的名字？"

"鹿野。"

男人问汉字如何写，她便用手指写在榻榻米上。这个花名是她来这里工作后使用的，因此从"鹿野"这名字追溯不到她的过去。

"鹿野——好名字。作为回报，我也说说我的事。别看我这样，我是个画家。其实我原本想当诗人，但写诗混不了饭吃，所以我用绘画代替文字来写诗。不知你听说过没有——"

听到男人报出的雅号，鹿野不由得叫出声来："欸？"即便是对绘画领域一无所知的鹿野，也听说过这个名字。

"你就是那位有名的——"

"不过，在这里不妨唤我茂次郎就好。不然怪难为情的。"

"当然可以。"虽然有些困惑，鹿野还是点了头，"我也不会多嘴说出去，你尽管放心。"

"话说回来，你竟然一点也不怀疑。你知道我的长相吗？可是看样子你完全没认出来。"

"抱歉。"鹿野浅浅一笑，望着榻榻米缓缓摇头，"我根本不知道你的长相，而且我不是那种会曲意奉承的人，所以坦白说，我也没看过你的画。或许曾经看过，但不知道是你画的。我只是在聊天时听过你的名字。"

呵呵，茂次郎的笑声传来。

"与其胡乱阿谀奉承,倒不如这样实话实说来得轻松。不过,你为何这么轻易就信了我的话?"

"咦?你也没必要特意对我撒谎啊。"

"说不定我是为了引起你的兴趣而假冒名人。"

"就算这样,跟我也不相干。你是当红画家也好,不是也罢,在我这里不会有任何分别。"

"你不喜欢绘画。"

"是啊。如果是能洗涤心灵的美丽风景画,我并不讨厌,但也不会特意去看。不过,我想说的跟这个无关。不管你有名没名,有钱没钱,都不重要,男人一旦脱光光,灵魂也就暴露无遗了。俗世的地位和头衔在这里毫无意义。"

"原来如此,"茂次郎喃喃道,旋又轻声笑了,"顺便一提,我不是有钱人。"他竖起合上的扇子,砰地一敲榻榻米。

"那你喜欢戏剧或电影吗?"

"不好意思,那些我也完全不感兴趣。"鹿野扑哧一笑,抬眼望向茂次郎,"你是想约我吗?"

"怎么可能。"

茂次郎戏谑地摊开双手。鹿野也曾听说,他与许多女性传出过绯闻。

"很遗憾,我不接受这种邀约喔。不过在这间屋子里,你想做什么我都奉陪。"

"只要付相应的费用。"

"没错。"

"那我想继续聊下去。这样看来,你是不喜欢故事吧?"

"没那回事。我常看小说,也喜欢夏目漱石之类的作家。"

鹿野从小学中途辍学,但还是央求父母让她好好学习读写。

因为只有书是心灵的慰藉。

"原来如此。"他再次悄声呢喃。

"那么,闲聊就到此为止,我们言归正传吧。"

"正传?"

鹿野不解地歪着头。仿佛是呼应般,纸罩座灯的灯火滋滋作响,两人的影子随之摇曳。

"或许应该说是'请求'。我刚才说出身份,也是为了这个目的。我希望画你。"

"画我?"鹿野伸手按住胸口。

"是的,我想请你当我的模特儿。如你刚才所说,地点在这间屋子就可以。当然,画画所需的时间我会付费。"

"等、等一下。"鹿野慌忙张开双手,"茂次郎先生是吧?你在说什么啊?为什么要画我这种饱经沧桑的小姐呢?还要为画画的时间付费……像你这样的知名画家,一定有大把女人愿意免费当模特儿,大家都会欣然答应。比起画我——"

"我想画你。"茂次郎语气坚定地打断了她,"不是别人,就是你。"

鹿野怔了半晌,在铺位上正襟危坐。

"你觉得我哪里有魅力?"

"很难用语言来解释,大概是直觉吧。"

"对不起。"鹿野轻轻摇头,"你的好意我很感谢,但我没办法当模特儿。"

"为什么?是条件不满意吗?"

"不是。我不清楚模特儿是怎么回事,不过必须按照要求做出发怒、发笑种种表情吧?可我……"

鹿野话到嘴边又咽了回去,而后带着寂寥再次倾吐出来。

"我的表情少得可怜，从小就是这样。生气、悲伤或者开心的时候，我都不晓得该露出什么样的表情。父母、兄弟、学校的朋友一直说我怪怪的，不知道在想什么。这样的女人有画的价值吗？我一定无法满足你的期待。"

"如实展现自己就好。"茂次郎接口说道，"因为那是你的个性。我想画的是你，你不必迎合他人，也不必同他人一样。毋宁说，你与他人不同的地方才充满魅力。我从你的内心感受到带着忧郁和危险气息的虚幻无常，我希望那份美不会转瞬即逝，而是永远留存。你可愿成全一介画家的任性？"

窗外已笼罩在暮色中。茂次郎的话语仿佛融化在灯火里，穿过衣物渗入鹿野的心头。

"我明白了。"她静静地点头，"那就恭敬不如从命。"

"谢谢你。"

茂次郎郑重地低头致谢。鹿野露出一缕笑意，换成放松的坐姿。

"今天怎么办？要不要亲热亲热？"

茂次郎没有说话，在鹿野身旁坐下。

"就这样坐着别动。"鹿野对他说，然后脱去外衣，只穿襦袢绕到他背后，褪下他的上衣，舌尖沿着耳朵、脖颈、肩膀一路游走到手臂。男人浓郁的汗味萦绕在舌尖和鼻腔。鹿野抬起他的右臂，像榨取一样双手温柔地抚摸着。

"你的手真漂亮。"

"跟那个有蝉形胎记的男人相比吗？"

"你这是吃醋了？"

茂次郎缓缓压上调笑他的鹿野，彼此十指交缠。

鹿野的内心深处，女人的喜悦在隐隐作痛。

会不会终有一天,能与所爱之人紧紧相拥,结合在一起——直到几年前还怀有的陈腐感伤,没来由地重回鹿野脑海。她将宛如找到少女时代日记般的羞耻感推回记忆彼方,沉入茂次郎的身体里。

喧嚣的蝉鸣铺天盖地,令人几乎无法思考。鹿野捂住了耳朵,不知为何,蝉声却丝毫没有减弱。阳光火辣辣地照射着,她全身是汗,却擦拭不得。蝉责备地呼唤着鹿野的名字,莫名的焦躁感涌上心头。别叫了!鹿野大叫一声,随即惊醒。

好像是不知不觉陷入了午睡。灼热的阳光洒进室内,将鹿野的身体染得发白,额头上冒出汗珠。

"鹿野,在吗?鹿野!"

楼下传来不客气的叫唤声,是个熟悉的声音。对方似乎叫了好几次,鹿野答说这就过去,然后拿起手巾擦汗。刚睡醒的身体还晃晃悠悠的,为防摔倒,她扶着墙壁,一级一级走下陡峭的楼梯。

坐在门口的是老板娘阿吉。

"你睡着了?"

"是的。抱歉啊老板娘,我不知不觉就睡过去了。"

"那倒是我搅了你的好梦。"

阿吉大大咧咧地说,全然没有反省的味道。

"哪里,差不多也该去澡堂洗澡了。再说天气太热,我一直在做噩梦,你来得正是时候。"

"说的也是。大白天在屋子里睡觉,会晒得全身红通通,跟煮熟的章鱼一样喔。"

说着,阿吉豪爽地大笑。

今年六十五岁的阿吉已迈入老年，精神依然健旺。虽说是娼家的主理人，和卖蔬菜、卖鱼的生意人也无甚分别。不只是阿吉，其他老板娘也都差不多。只看同业聚会的情形，和商店街的集会没什么两样。

鹿野每天付她若干费用，租这家铭酒屋的房间工作。因此，两人的关系不同于因债务捆绑的妓院老板和妓女，但阿吉毕竟是主人，在她面前鹿野还是矮上一截。

"对了，今天找我有什么事？"

"噢，这个——"

阿吉解开放在一旁的包袱，现出一个小巧的罐子。盖子一打开，里头飘出令人口齿生津的香气。

"是梅干。虽说已经是夏末，可看样子炎热的天气还会继续，吃容易变质的东西要当心啊。"

"多谢了，这很有用。"

鹿野由衷地向她道谢。

比起得到梅干，更让鹿野高兴的是她对自己的关照。于鹿野而言，她是来东京后第一个可以交心的熟人。然而两人毕竟是雇主和雇工，只是犹如过客般的短暂缘分。鹿野告诫自己，不可超越立场深入交往。

"对了——"阿吉点上一支烟，"最近有个奇怪的男人在这附近转悠。"

"奇怪的男人？"

鹿野盖上梅干的盖子，一边将烟灰缸递过去，一边问道。

"喏，两周还是三周前，不是在铁路边的小屋里发现一具男尸吗？他好像是在访查那起命案。"

是茂次郎——鹿野登时恍然。

距离他上次来访已过去五天，他提出希望她担任模特儿，看这情形是不了了之了。他果然还是在调查这起案件。

只是……鹿野想不通。起初推测他可能是侦探，虽然疑惑谁会委托侦探调查死者身份不明的命案，但既然是侦探，调查命案也不足为奇。然而，他自称是画家。

"还有啊——"阿吉倾身向前，语气里透着兴味盎然的愉悦，"那个男人据说是赫赫有名的画家。虽然我不太清楚，但他好像是报刊杂志都登过照片的名人，大家都说错不了。"

阿吉说出茂次郎报过的雅号。

既然很多人见过他后都如此断定，那就没有怀疑的余地了。茂次郎不是侦探，是当红画家。这样的人为什么要插手这起案件？

鹿野还有一件在意的事。

"老板娘，那个男人是怀疑凶手在这个街区吗？他是不是在调查谁？"

"那就不知道了。"阿吉慢吞吞地说着，揿熄香烟，"不过他的调查是以死者为中心，倒没听说他在打探某个人。"

"这样啊。不管怎样，这事确实很奇怪。"

鹿野随口附和着，暗自松了口气。看来他绝不是怀疑自己才前来试探。

"嘻，谁知道呢。我是不太懂啦，不过搞艺术的人大都古怪得很。"

阿吉对自己得出的结论很满意，连连点头。

阿吉转到别的话题。听着她爽朗的声音，鹿野在心里反复告诉自己无须担心，自己与植田的关系绝对不会暴露。至少在这个街区，无论如何查访都是白费力气，警察且不论，一介画家不可能挖出她的底细。

万一他查出死者的身份，进而查明植田与鹿野的关系，也无法确切地证明。她只要一口咬定植田仅是来买春即可，况且连警察都找不到的杀人证据，他更不可能找到，所有的证据都消失在雨中。

鹿野的脸上滑落一道汗水，奇异的是，她那惯常的微笑却丝毫没有动摇。

茂次郎差不多要来了，鹿野有种奇妙的预感。

诸如求神保佑、神通力之类带有宗教意味的秘密仪式和迷信，鹿野是半点也不信的，但在人生的某些时刻，也曾有奇妙的预感攫住她。

植田第一次来老家那天就是如此。明明溽热一如昨日，不知为何，那天热气蒸腾中却夹杂着令人不快的轻微腐臭。树荫下、炉灶后、地板和屋檐下的积水里，似乎潜藏着不好的东西。十四岁的鹿野有种朦胧的直觉，必将有不祥的事发生。

这一天她并未闻到和十二年前一样的腐臭，这条街的空气太污浊，闻不出微弱的异味。然而早上起床，像要斩断眷恋般撑起身体时，却有一股不同寻常的、粗粝的嫌恶感盘桓在心头。她隐约但又确切地感知到，今天那个男人会来，而且那段时间不会愉快。

因此，开门没多久，听到窗外传来"鹿野小姐"的呼唤声时，鹿野心里只余下"果不其然"的感叹。

也不知在开什么玩笑，茂次郎和那天的植田一样，穿着白色箭翎图案的浴衣，而且图案和配色分毫不差。他调查过植田的命案，所以这不可能是巧合，大概是找到了相同的布料。虽然笃定他有某种意图，但他既未开口，鹿野也不刻意提及，相偕上了二楼。

一走进房间，茂次郎就从袋子里拿出煮鸡蛋递给她。

"这条街的入口有人在卖水煮蛋，我正好有点饿，就顺手买了。可以的话，一起吃吧。"

"哎呀，谢谢了。"

鹿野老实不客气地接过，沾上盐大口吃起来。气氛出乎意料得松弛。

吃完水煮蛋，茂次郎从包里取出需要两手合抱的素描簿。

"其实我想画得更正式一些，但没法把大件的画具带到这里来。那么，可以马上开始画画吗？"

"好啊。我该怎么做？如果需要我脱的话，我就脱。"

"不用，现在这样就好。对了……"茂次郎环顾室内，"在那个窗边坐下吧，注意不要挡住盆栽。"

鹿野依言而行。

接下来的一段时间，屋里全是他唰唰挥动铅笔的声音。原本浸满男女淫荡情欲的房间，仿佛有艺术的芳香在荡漾。然而，在这只有水沟呛人的酸臭和蚊香粗俗的香气刺激鼻腔的屋里，这种感觉犹如一场可疑的幻象。

望着水沟边连绵的房屋，鹿野轻声唱起歌谣。

　　喀秋莎惹人爱　离别多感伤
　　至少在早春化雪前
　　向神明　啦啦　许下愿望吧

寂寞的歌声无处可去，漫无目的地飘荡在暮色渐浓的街道上，就像至今仍觅不到归处，在污浊街区恋栈不去的自己，鹿野在心中自嘲。

一直默默动笔的茂次郎，第一次开口了。

"《喀秋莎之歌》[①]啊，真是怀念。"

"不好意思，让你分心了吗？"

"不会，完全没问题。你喜欢这首歌吗？"

"也不算很喜欢。流行得一塌糊涂那会儿，甚至有点讨厌。不过最近时不时就哼唱起来，我很别扭吧？"

"哪里，可以理解。我们休息一会儿吧，有样东西想给你看看。"

"是吗？太好了。"

终于要切入正题了吗？鹿野怀着一丝警惕站起身。在窗框上坐了许久，她揉着隐隐作痛的臀部。

茂次郎从包里取出一张照片。

"能不能帮我看看这张照片？"

鹿野撩起衣摆，坐到榻榻米上，接过照片。他在想些什么，又是出于什么目的调查这起命案？他掌握了什么？掌握到何种程度？好奇和不安交织在一起，她的视线落在照片上。

"哎呀，就是这个？"

她有点失望。这无疑是案发后刑警来访时向她出示的照片。严格来说，可能不是同一张，但都是在碎石子路上，从上方拍摄放在草席上的尸体。白色箭翎图案浴衣的胸口被血染得发黑。

"你是怎么弄到的？"

"别看我这样，在警察那边可是有门路的。你接待过的有蝉形胎记的男人，就是他没错吧？"

[①]出自一九一四年岛村抱月根据托尔斯泰的小说《复活》改编的话剧，为当时的流行歌曲。

鹿野把照片还给他，缓缓摇头。

"我之前已经说过，也告诉过警察了，我无法确定。感觉是很像那个客人，但我没有把握，也可能是别人。"

"我明白了。"茂次郎语调淡然，似乎并不很遗憾。

"你就为了给我看看，才特地找来这张照片？"

如果是这样，这一举动感觉意义不大。

"不，不只是如此。托这张照片的福，我知道死者的身份了。"

"当真？"

鹿野不觉道出内心的怀疑。连警察都没能掌握的信息，他只用了区区几天就查出来了？

"是啊。是不是本名不得而知，不过这男人叫植田。正如警察的研判，他是个流氓，或者该说是赌徒。"

"这样吗……真厉害。"

鹿野悄然咽了口唾沫。他没有说谎，他们确实查出了尸体的身份。

"光线渐渐暗下来啦。"鹿野点上灯火，掩饰内心的慌乱。房间里充满光亮，代价则是光照不到的地方产生阴影。只要不移动纸罩座灯，阴影的位置也不会改变。鹿野感到长久以来黏附在周围的阴影，正在慢慢侵蚀这个房间。

茂次郎举起手上的照片。

"这男人以前的地盘在静冈的渔民小镇，大约四年前搬来东京。我根据'手臂上有蝉形胎记'来调查，很容易就查了出来。"

鹿野心头闪过一抹疑虑。他是不是隐瞒了什么？

"真的只凭手臂上的胎记就能查出来吗？那为什么警察没有查到呢？"

茂次郎没有立刻回答。令人如坐针毡的沉默持续了片刻，鹿野正要再次开口时，茂次郎略带悲伤地出声解释：

"鹿野小姐，我确信你就是凶手。"

鹿野庆幸自己不是喜怒形于色的人，不然恐怕会流露出明显的慌乱。但即使不流露在表情上，也可能流露在声音里，于是她在心里数到三，消化了他的话后，这才开口：

"我不太明白你在说什么。为什么我——那个人叫植田是吧？为什么我要杀他？"

"理由多的是。比如偶尔来买春的他怀揣巨款，你一时眼热就杀了他。"

"那我是怎样把他带到那间小屋的呢？听报纸上说，行凶地点就是发现尸体的小屋。"

"我可以有很多推测，但这些细节没有意义。重要的只有一点，就是你犯了罪这个事实。"

"所以为什么说我杀了人？我想知道理由。"

"我看得到背负着罪孽的女人的气息。"

感觉到茂次郎直视着自己，鹿野不由得垂下眼，避开那道视线。等惊觉这样的反应不啻认罪，已经无可挽回。他的声音紧随而至。

"背负着无人知晓的罪孽独自活下去，只有悲剧可言。所以我必须揭露这宗罪行，让你得到解脱。"

逐渐侵蚀的阴影已笼罩整个房间。鹿野心中了然，自己一定逃不出他的手心，但她绝不能主动承认。

"这算不上理由。"声音没有颤抖，让她暗自松了口气，"你说的话简直太荒唐了，没有人会相信的。"

"真没办法。"

茂次郎回答的声音冷淡得可怕。

"你刚才问我，为什么连拥有强大侦查能力的警察都查不出来，不过是一介画家的我却能查出尸体的身份？

"在解释之前，我要先向你道歉。刚才我撒了一个谎，对不起。只要说出这个谎言为何，疑问的答案自然就水落石出。"

鹿野既想听又不想听，两种思绪在内心交战。然而她的想法如何全不相干，茂次郎的声音宛如确定不变的定理，沉静地回荡在弥漫着热气、隐约的臭气和蚊香烟雾的房间。

"死去的男人手臂上没有胎记。死者不是植田。"

有那么一会儿，鹿野反应不过来茂次郎说了什么。就像垂落在水洼里的布条，话里的含义慢慢才渗到鹿野心里。

鹿野一时只觉难以置信。不可能有这种事。自己确实亲手杀了植田。应该是杀了才对。

虽然不明缘由，但鹿野猜想他是在虚张声势，为了诱自己入彀而撒谎。她正要质问，话到嘴边又及时咽了回去，因为省悟到这或许正是他的策略。明面上她并不知晓死者的身份，也没理由在意此人手臂上是否有胎记，质疑本身就等于承认自己是凶手。

"是吗……"鹿野慢悠悠地瞥了一眼放在地板上的照片，兴趣缺缺地回答，"能不能给我支烟？"

将烟头点燃，她向着窗外的黑暗吐出烟雾。

"那么，我接待的有胎记的男人就不是死者了。打一开始我就说过无法确定吧？这样一来，我跟这起案件就没有任何关系了。"

"站在你的立场，只能这样回答。你应该还在怀疑，我是不是为了诱你上当而说谎？很遗憾，这是事实。下大雨那晚在铁路旁的小屋被杀的男人，手臂上非但没有蝉形的胎记，也没有任何类似胎记的斑痕。据说报案的老人在现场看到了尸体裸身的样子，你可以问他，也可以向警察确认，我还带来了照片为证。"

茂次郎递出另一张照片。

和刚才那张照片一样，拍的都是放在草席上的尸体，但袖子卷了起来，应该有蝉形胎记的地方全无痕迹。

鹿野看了一眼照片，只淡淡回了句"真的喔"，心里却充满疑问。这真的是那天尸体的照片吗？可是茂次郎坚持说这种谎，又有什么意义呢？

他没有收回照片，继续说道：

"调查植田时，我听到奇怪的传闻，说是植田的手下，或者该说是他的小弟，恰好在案发的同一时间突然失踪了。他叫信二，是个二十岁左右的男人。遗憾的是，我没能拿到他的照片，不过从外貌和体格来看，十之八九被杀的是信二。"

死掉的是植田的小弟信二……

茂次郎的声音动摇了鹿野对他的怀疑。如果他所言属实，那天死掉的不是植田的话——

他们是几时调包的？

鹿野立刻想到，只可能是那一刻。她尽力回想起当时的确切情况。

鹿野抵达小屋时，里面的人是植田，这一点确定无误。小屋里相当昏暗，难以辨别，但开门时可以隐约看到。声音无疑是植田的，眼前的人是否在说话，她不可能看错。

随后，他说想去小解就外出了，回来时声音从外面传来，几乎同时门也打开了，之后他解释了迟回的原因，但那时他正往外甩掉伞上的雨滴，鹿野并没有清楚看到他嘴唇的翕动。再加上她当时正惊慌失措，也没有余力冷静观察。

倘若植田那时是在墙外，只发出声音呢？

如果是静谧的夜晚，或许会感觉到声音的来源有些蹊跷，但那晚雨声嘈杂，在那间小屋里很难察觉有异。之后，他立刻转身观察起墙上的小孔，再未出声。

杀人后离开小屋时，鹿野确认过尸体穿着白色箭翎图案的浴衣，的确就是植田穿的那件。但互换衣物不消须臾，如果他设计欺骗鹿野，在返回时换成别人……

她应该无法察觉。

植田识破了一切。鹿野瞪着榻榻米，用力握紧快要发抖的手。

植田是怎样花言巧语哄骗信二代替自己的，鹿野无从知晓，但既然是他的小弟，想来也非难事。无论如何，植田都识破了鹿野的计谋，谎称去小解，与信二调换了身份。不必说，信二当晚自然是在街上某处待命。植田过了许久才回来，就是因为还包括了交换衣物的时间。

至少在第二次见面探问计划时，植田就存了戒心。又或是不仅看穿了她的杀意，还想借机杀了信二。

茂次郎将照片放到地板上，似乎是为了给足鹿野思考的时间，停顿了许久才继续说道：

"我的推理是，信二是遭到植田陷害，代替植田被杀。"

"请等一下。"

鹿野沉静地打断他的话，冷漠的脸上挂着一如往常的微笑，注视着茂次郎。

"我不明白'代替植田被杀'是什么意思。没错，被杀的或许是那个叫信二的男人，如果相信你的话，案发前来到这里的就是植田，因为他的手臂上有蝉形胎记。两人在道上也许是把兄弟。但就算是这样，你又凭什么断定，信二是代替植田被杀呢?"

"就是你的证言啊。"

茂次郎不假思索的回答冷冷地刺向鹿野。明明太阳西沉后还是很闷热,她却真切地感觉寒气从房间的一角悄然潜入。鹿野意识到自己已无路可逃,陷入了绝境。

既非斥责,亦无同情,告知事实的冷酷话语接踵而至。

"植田和信二虽然身高、体格相似,长相却半分也不像。植田是三白眼、鹰钩鼻,给人粗犷印象的方脸男人,信二却是瓜子脸、细长眼,嘴巴特别大。"

"可笑,可笑,太可笑了。"

鹿野撒娇似的不住摇头。

"你说的话太可笑了,简直滑天下之大稽。如果死掉的是信二,为何我看到死者的照片,会误认为是植田?事情不是很简单吗?案发前光顾我的,恰巧是个右臂有蝉形胎记,瓜子脸、细长眼的男人,不是植田也不是信二,而是毫无瓜葛的第三者,纯属巧合罢了。"

"不可能有那么巧的事。"

"说不定有呢?"

茂次郎再次举起第一张照片给她看。那是躺在草席上的尸体照片。

"鹿野小姐,你已经无可抵赖了。看了这张照片,你以为我是找警方拿到的,然而照片里拍的人是我。"

"什么?"鹿野低声惊呼,停下了动作。她死死地盯着照片,躺在草席上的是个穿白色箭翎图案浴衣的男人,胸口染得发黑。这张照片拍的非但不是植田,甚至不是尸体,而是茂次郎?是这样吗?原来是这样啊。

随后传入耳中的茂次郎的声音,温柔得让她惶惑。

"鹿野小姐,你完全无法辨别人的长相吧?绝对不是你视力不好,你看得很清楚,只是不知为何,你唯独识别不了人脸。即使知道那里有一张脸,你也无法分辨,更看不出人的表情。对你来说,世上的人都像是脸上蒙着头巾吧?"

连这也……

连这也被看穿了吗?沮丧的同时,奇异地涌起可笑的舒畅感。她觉得自己着实滑稽,低低叹了口气。

"在我看来像瓜——"鹿野轻轻拂开黏在额头上的碎发,"所有人都生着同一张瓜脸。"

发现自己与常人有异,是在上小学之后。她将这件事告诉了母亲,母亲起初很生气,叫她别胡说,然而随着观察鹿野的行动,母亲终于不得不相信。这样一来,就可以理解孩子为什么从不正眼看人,表情也很匮乏了。于是母亲再三嘱咐,绝对不可向他人提及此事。母亲的语气充满畏怯和愤怒,鹿野虽然年幼,也察觉到自己为人所嫌恶,一直严守母亲的嘱咐。然而她的处境并没有改变,不仅是镇上的孩童,连父母、兄弟都对她避而远之。且不说辨别不了人脸的问题,她也无法与周遭的人融洽相处。鹿野觉得父亲的债务不过是体面的借口,自己迟早会被卖掉。

被卖到妓院后,她依然无法恰到好处地把握与他人的距离,但完成交代的工作没有问题,不用考虑多余的人际关系,反而让她觉得轻松。此时,她已经能熟练地利用长相以外的线索,例如声音、服装、手、体格、步态等来辨认他人,只是在缺乏表情这一点上,实在无法可想。妓院的鸨母也多次发火,说这样将来是接不到客人的。有一天她下定决心,违背母亲的告诫,向鸨母坦诚以告。与母亲不同,鸨母立刻就相信了鹿野的话,虽然责怪她为何不早说,却不像母亲那样语气里透着抵触和恐惧,而是夹杂着惊讶的温柔。鸨母抽空训练她露出各种表情,包括微笑、困扰、悲伤、愤怒,尤其微笑她掌握得格外扎实,托鸨母的福,鹿野不必刻意也能时常挂着微笑。

"所以……"

鹿野保持着与往常相同的浅笑,望向穿白色箭翎图案浴衣的茂次郎。她有些犹豫是否该露出悲伤的表情,但又不知道这样做有何意义。

"所以你才穿了这件浴衣啊。"

"嗯,是啊。很抱歉欺骗了你,但为了得到最后的确证,我还是设计伪造了照片。今天穿这件浴衣过来,就是为了让你相信我伪造的照片。为了骗过你,除了脸部以外,必须忠实再现警察出示的尸体照片,因此我向附近的人打听,也请他们指点修改。血迹用墨汁没问题,但需要准备与尸体一模一样的衣物。幸好我对和服的花纹和图案很感兴趣,也收集了一些布料,再加上渠道颇多,大概能完美地再现出来。你对和服图案的记忆力应该是胜过常人吧。"

"是吗?我不太清楚。"

"你应该经常通过声音、体格、服装等来认人,你的观察力和记忆力都比一般人优秀。我最初注意到你,也是因为这一点。"

"没错!"鹿野不由得叫了起来,"你怎会发现?是何时发现的?"

"起初让我觉得异样的,是扇子。"

茂次郎打开画着紫阳花的扇子。

"鹿野小姐看到这把扇子,认出我是几天前盯着你看的寻芳客。对于男人来说,这图案的确可爱了些——顺带一提,这是我自己画的——但也不是令人印象特别深刻的东西。你连我当时穿的衣服都记得,却只字不提我的长相,也不曾直视我的脸。可是第一次相遇时,你分明在窗户内侧微笑,一瞬不瞬地回望着我。即使是因扇子唤起记忆,通常这种情况,也要看到对方的脸才有恍然大悟之感。世上的人就是如此依赖脸。

"不过当时我只是略觉不对劲,这种感觉进一步加深,最终引领我察觉真相,是在我自报家门的那一刻。你不认识我,却知道我的名字。事实上,你也的确很吃惊,但你还是几乎不看我的脸。一般这种时候,人们都会顾不得礼貌地盯着我看。"

"可是,即便如此……"

鹿野缓缓摇头。或许她的举止确有不自然之处,但仅凭寥寥无几的事实,难以想象可以推测出她患有如此奇诡的疾病。

"当然,我并非只凭这些就下定论,但当时的确感到疑惑,因此之后连续发问。你说不太看画作,不过并不讨厌美丽的风景画。反过来说,就是你讨厌风景画以外的画。风景画以外,要么是静物画,要么是人物画。实际上包括我在内,绘画的题材大多是人。所以不难推测,你讨厌的是人物画。

"你也不看戏剧和电影,但你看小说。前者如果分不出人,看不出表演者的表情,就不会有什么乐趣。尤其电影还是默片,比戏剧更加枯燥无味。如果是小说的话,在这一点上就毫无缺憾,可以尽情享受。"

的确如此。电影之类完全没有观看的价值,还是不以影像为前提的说书有意思多了。很自然地,阅读成为她为数不多的娱乐,也是她了解世界的渠道。

"最后,你坦言自己表情很少。虽然每个依据都是琐屑小事,累积起来却能探知你的秘密。不过,主要还是我以前认识和你有同样烦恼的人，所以才会发现。"

一直低着头的鹿野，听到他的最后一句话，猛然抬起头。

"和我有同样……"

"嗯，没错。"

茂次郎语声柔和，缓缓点头。

"眼睛、鼻子、嘴巴，每一个部位都看得很清楚，然而组合成人脸，却无论如何都无法辨识。另外，有没有戴眼镜、有特色的胡须等却可以分辨。"

"我也是这样。"

"这点也一样啊。听你的说法，你是天生如此吧？"

"是的。"

"那个人也是，不过症状或许比你轻微。虽然完全无法辨别人脸，但可以看出表情，从表情敏锐地察觉到这个人的情绪。

"听了那个人的话，我产生了兴趣，稍微做了下调查，发现这种病例出乎意料地多。"

"真的？"鹿野急切地问，"这真的很常见？"

"说常见不太恰当，但的确是已知的疾病。德国学者称之为'精神盲'。尽管视力没有问题，看得很清楚，但就是无法辨认和理解特定的物体。除了无法辨识人脸的症状外，不知为何还有无法阅读文字的症状，严重的甚至无法分辨铅笔和菜刀。虽然也有天生的情况，但多数是在事故或疾病导致脑部受损时突然发病，显然是大脑的某部分发生功能障碍。遗憾的是，详情目前还不得而知，但随着科学或医学的进步，总有一天会揭晓。

"鹿野小姐，你在儿时想必遭受过无端的诽谤中伤吧？请放心，这既不是诅咒，也不是灾祸，更不是前世的报应，只不过是一种疾病。所以你无须感到内疚、羞耻或者烦恼。

"确实，这可能不是小毛病，会带来许多本没有必要承受的艰辛。我没有切身的体会，断然说不出'没什么大不了'这种话，但希望你记住，这是已知的疾病，你并不孤独。"

带着臭味的温热微风从窗外吹进来，搅乱了室内飘荡的蚊香烟雾。如同转瞬散去的烟雾般，鹿野感到自己一直以来背负的重担倏然消失了。或者应该说，肩上那股名为"逞强"的压力轻易就卸下了。她再次觉得自己很滑稽。

茂次郎盘腿而坐，双手放在膝头。

"那么，容我把推理说完。鹿野小姐，你看了警察带来的'遇害男子的照片'，证实此人疑似以前来过的客人。无法分辨长相的你，为什么会说出这种证词呢？不，是你怎么能判定呢？因为你知道遇害的男人是谁，除此之外没有其他可能。你担心如果坚称没见过，之后警方查出他来过你这里，你会遭到怀疑。当然，你也不愿将自己的病暴露在人前。

"慎重起见，我试着去找手臂上有蝉形胎记的男人。托朋友向道上的人打听后，出乎意料地轻易就找到了。为什么能比警察还快一步，这么轻松就找到他？我正感到疑惑，却发现找到的有蝉形胎记的男人——也就是植田，长相与遇害的人全然不像。而他的小弟，案发前后下落不明的信二，容貌却与死者基本一致。这不可能是单纯的巧合。

"以下是我擅自猜测的案件全貌。

"我不知道你为什么想杀植田。据说他无论从前还是现在，除了赌博，还兼做把女人卖入妓院的勾当。想来他不脱那一行的习气，干了不少伤天害理的事。可以推测你沦落风尘与他有关，对他怀恨在心。

"时间流逝，他偶然以客人身份光顾这间店，为了洗雪多年的怨恨，你决定杀害他。不知道你用了什么借口，暴风雨的那一晚，你把植田带到铁路旁的小屋，枪杀了他。不对，应该说是打算杀了他。然而植田技高一筹，识破了你的杀意，或许也知道你隐秘的症状。"

恐怕正是如此，鹿野心想。除了母亲以外，只有最初栖身的那间妓院的鸨母知道她的病。植田既然干贩卖女人的勾当，和那间妓院应该会有往来，很可能通过鸨母知晓了此事。也有可能是重逢后发现了她的真实身份，去妓院确认时获悉。正因为知道她无法分辨长相，植田才会设计调包。

"植田和他的小弟信二，最近似乎关系不大好。据我打听消息的人透露，植田有除掉信二的意图，可能是被对方抓住了什么把柄。于是他花言巧语，哄骗信二代替自己，如此便可不着痕迹地借刀杀人。植田知道你的秘密，料定只要交换衣物后不出声，就不会败露。事实上，你的确把信二当成了植田，暴风雨那晚，在铁路旁的小屋里枪杀了他。植田的计划顺利得逞，对他来说，让你继续误以为杀了自己更为有利，所以也没有出面指认尸体是信二。

"以上就是我的推理，你觉得如何？除此之外，应该没有能完美解释现有事实的推论了。最重要的是，你看了信二的照片，却误以为是植田并做出证言的理由。对吧？"

鹿野带着浅笑，专注地聆听茂次郎的话。那不是她惯常的虚假微笑，而是真正反映她心境的表情。

看来是没办法反驳了，鹿野冷静地想。当然，她还是可以强词夺理，一口咬定自己什么都不知道，但她看不出这般垂死挣扎有何意义，事到如今，连对植田的杀意都无关紧要了。

"只有一个地方说错了。"

"什么地方?"

"我对植田谈不上'多年的怨恨'。时隔十来年在这里重逢时,我觉得必须杀了他,也确实涌起了可以称为怨恨的感情,但回头想想,那怨恨并非针对他。"

鹿野说着,忽然感觉眼皮发热。那是她从未有过的体验。

"而是对自己至今为止人生的怨恨,或者说后悔。"

泪水从鹿野的双眼涌了出来。她曾经因为痛楚而流泪,但因为流露出悲伤,或者类似悲伤的感情而落泪却是第一次。两只眼珠灼热得如在燃烧一般,然而她丝毫未觉不适,反而异常畅快,异常愉悦。

"我以为杀了植田就能改变什么,可是没有任何改变。这是理所当然的,因为我需要对抗的并不是他。茂次郎先生,我很感谢你。你让我察觉到这一点,你让我察觉到自己是被什么所困,而那又是多么没有意义。"

来自母亲的排斥——

泪水簌簌中,一直以来束缚着她的告诫仿佛也随之渐渐消融,流淌而去。

"之前我也说过,"茂次郎说,"你如实展现自己就好,不必迎合他人,也不必同他人一样。无须自卑,也无须自弃。"

"谢谢你。"

鹿野露出微笑。这份心意是否传达给了茂次郎?是否还有更合适的表情?她第一次为此感到焦躁。

"虽然现在才说有点晚,不过我全都承认了。我在铁路旁的小屋里,用自己的手枪杀了一个男人。没错。你要告诉警察还是谁都无妨,我已经做好了心理准备。"

"不,我不在乎什么警察。"

茂次郎再次拿起素描簿。

"啊？"鹿野抬起头，"什么意思？"

"我之前也说过，我的目的就是揭露你背负的罪孽，除此之外的琐事我不感兴趣。你今后要如何生活，你自己决定就好。我向你保证，我调查到的事实、得出的结论，以及在这里得知的真相，绝不会泄露出去。不过，你要按照当初的约定，让我画你。接下来才是正式的作画。"

鹿野无法判断他的表情，但从语气不难想象，他正露出充满愉悦的笑容，或者即使没有表现在脸上，也藏在了心里。不受表情干扰，可以敏锐地察觉隐藏的情绪，正是她少数长处之一。

茂次郎让鹿野坐在榻榻米上，再次全神贯注地动起画笔。

在被灯火染得朦胧泛红的房间里，听着画笔有节奏的唰唰声，鹿野静静地思考今后该何去何从。

她决定让今天成为妓女生涯的最后一天。如果画完画后他向自己求欢，就让他成为最后一位客人。老板娘也许会很吃惊，很生气，但她会尽最大努力道歉。

为了重新来过，为了获得新生，就必须要赎罪。如果法官酌情量刑，应该不会在牢里关太久。即便如此，还是有充足的时间思考将来的生存之道。往后的事，在牢里慢慢想就好了。

埋头动笔的茂次郎突然开口：

"你的表情很棒。"

鹿野也有同感。正在画自己的茂次郎，一定也露出了很棒的表情，看不到实在有点可惜，望着瓜脸的鹿野心想。但她并不觉得懊恼。

柚之手 ————

柚树上结出的果实还很青涩，正在等待成熟的时刻。

早晨的阳光照在花草上，被锁在池塘的水面摇曳着。

绢田柚子散漫地坐在窄廊上，不经意地望着庭院里种的柚树。据说在她出生那天，庭院里的柚树结出了漂亮的黄色果实，因此母亲给她取名为柚子。生下她没多久，母亲就奄然而逝。

衣摆乱糟糟的不成体统，但没必要在意。这栋宅邸里已经没有会责怪柚子的人了。阳光紧贴着胫骨，浮现一抹白。

真是个静谧的早晨，柚子不禁感叹。

仿佛要极力打消这种想法，叫卖秋刀鱼的声音轻易越过板墙飘了进来，却并未打破这份宁静，反而愈显幽寂。这座位于日本桥的宽敞宅邸里，如今只有柚子一个人。预示冬日将至的凛冽空气，似乎让家里的时间静止了。

现实感变得稀薄。柚子感觉如同身在白日梦中，她不安地回过头，望向紧邻窄廊的起居室里的榻榻米。在早晨柔和光线的照射下，沉淀在榻榻米上的漆黑污渍，正包藏着邪气浮现出来。

柚子感到安心，父亲确实已经死了。

一生只留下肮脏的污渍，父亲喜三郎化为白色的灰烬消失了。他的死很平淡。那么严格、绝对不能违逆、令她满怀畏惧的喜三郎，只是心脏被一刀刺穿，就像池塘里的鲤鱼般，呆滞地翕动着嘴，连叫都叫不出声就死了。原来这么简单啊，她很失望。

通过菜刀柄传来的贯穿内脏的触感，她至今还鲜明地记得。以夺走一条生命来说，那也同样太过廉价。

"父亲已经不在了。"

宛如在提醒自己般，柚子轻声说道，注视着微微摊开的双手。

就是这双手宰了他。

折磨自己的人已经不在了。

束缚自己的人已经不在了。

"我解脱了。"

柚子体会到破瓜的疼痛，是在虚岁十六岁那年的夏末。

异物侵入体内深处，莫名的恐惧不断膨胀，她感到撕裂般的痛楚，流着泪一个劲祈祷尽早结束。事后体内也残留着异物感，接下来的两天里，她不时恶心想吐，仿佛被刻在骨子里的禁忌从身体内侧染污了。她觉得这是血亲交合后受到的惩罚。她当然知道这种事是不正常的，不被允许的，但她无力反抗。

之后又发生了多少次，柚子已经不记得了。

随着一而再再而三的经历，她也逐渐习惯了性事。撕裂般的痛楚消失了，取而代之的，是身体深处不容分说涌出的愉悦。无论怎样忍耐，偶尔还是会发出呻吟，自然而然地扭动腰肢，像是贪图快乐，也像是在引诱。每当这时，她都会被近乎疯狂的罪恶感侵袭，自己已经堕落成淫乱无度的污秽女人了。

柚子决定杀害亲生父亲喜三郎，是在今年的初秋，距离破瓜落红已过去了三年。

在家里杀人是最简单的，但也必然容易招致怀疑。可能的话最好在家以外的地方，伪装成意外或遭歹徒袭击而死。但喜三郎任职的大学校园内很难下手，单是身为女性就不可避免地引人注目，校园里不仅人来人往，更重要的是有认识柚子的人。于是，她想到了父亲每周六晚上必赴的聚会。

在大学执教的喜三郎，一直谈不上有什么爱好，然而一年前应同事之邀开始玩一种叫"麻将"的游戏，竟然就此沉迷其中。这个游戏是从中国传来，虽然尚未普及，但已经在知识分子和富裕阶层中逐渐流行。喜三郎总是向来访的朋友们吹嘘，这个游戏跟将棋、围棋一样需要动脑子，却比后者节奏更快、更刺激，是新时代的智力游戏。

不知不觉间，每周六晚上在朋友立花家聚会，打麻将到天亮已成了惯例。开始时间是晚上七点，不过喜三郎在家中设宴招待牌友时，听席上闲谈，他总是六点半就到。这很符合他严谨刻板的作风，尽管听到的时候颇觉厌恶，筹谋杀人时却不啻及时雨。

为防万一，喜三郎告诉过柚子立花家的地址，她当即前去踏勘。从大学直接过去应该要搭市内电车，于是她确认了从最近的车站步行的路线。她在立花家前找到了一条合乎理想的巷弄。这是条狭窄的小路，沿路是寺院的土墙和几户住家的板墙，虽然有后门，但几乎无人经过，太阳一落山就没入黑暗之中。从车站到立花家，如果不走这条巷弄，就得绕很远的路。

就在这条路上杀害喜三郎，伪装成拦路抢劫杀人好了。柚子立刻做出了决定。

如果喜三郎坐人力车过来，这个方案就只能放弃了。但喜三郎吝啬成性，讨厌浪费金钱，除非有特别的情况，应该都是搭市内电车。

为了确认情况，周六晚上她躲在小巷附近，等待喜三郎。不出所料，六点半前喜三郎穿过这条小巷，前后十分钟内没有其他行人。她知道麻将是四人游戏，撞见另外两人的可能性几乎为零。慎重起见，下一周她再次确认，宛如烙印在胶片上的电影般，一模一样的情景又上演了一遍。

只要不犯下被当场目击的失误，成功伪造出抢劫杀人的假象,柚子就有把握不引起怀疑。警方不可能识破亲生女儿杀害父亲的动机。认识柚子的人都会证明她是个孝顺父母、温驯听话的女儿。尽管内心视父亲如蛇蝎,厌恶不已,表面上她还是一直努力做个孝顺女儿。这都是被喜三郎逼的,讽刺的是,却会成为保护她的伪装。大家只会同情她失去了出色的父亲,往后的日子将很辛苦,不会有人怀疑她。

不过,她并不打算只依靠"没有动机"摆脱嫌疑。杀死亲生父亲属于杀害尊亲属,会被处以比普通谋杀罪更重的刑罚,万一遭到怀疑,也要有所准备。不,她从一开始就不会给人怀疑的机会。

柚子跑了好几家电影院和戏院,花了好几天时间慎重寻找符合要求的人,终于在浅草郊外的戏院前找到了。那是个身高、年龄和她相仿,脸形也与她相似的少女,虽然相比较的话五官完全不像,但气质还算有些接近。不过,两人的衣着打扮迥然不同,少女穿着老旧褪色的藏青底碎白花纹和服,看上去很是寒素。

少女抱着一个包袱,眼热地看着戏院张贴的宣传海报。那似乎是新派风格剧团上演的剧目,描绘一位陆军少尉之妻跌宕起伏的半生。

虽然对戏剧毫无兴趣,柚子还是努力以温柔的语气搭话:

"你想看这出戏吗?"

少女吃惊地回过头,又瞥了一眼海报后,慢慢点了点头。柚子满意地点头回应。

"这样啊。那我请你看,而且会把你打扮得很漂亮。"

"……真的吗?"

"嗯。不过是这周六晚上,也就是三天之后。不是跟我一起看，是跟一位男士。不用担心，他很有教养，长得也俊俏。这样可以吗？"

少女连连点头。

少女名唤阿菊，从福岛的贫寒乡村出来做下女，现在正在跑腿的途中。

柚子向她确认周六下午有没有空，阿菊说她这两个月都没休息，太太为人和气，请个假还是办得到的。柚子当场买了周六晚上的票，敲定当天见面的地点和时间后，与她道别。

阿菊是柚子找的替身，为的是制造喜三郎遇害时她正在看戏的假象。陪阿菊看戏的，是柚子的哥哥达喜。柚子已经跟他约好周六晚上去看戏了。

当天晚餐后，柚子避开喜三郎找达喜说话，做出难过的表情。

"哥哥，说好这周六一起去看戏，可我突然去不了了。"

"是吗？真可惜。"

"不过，就当是代替我去吧，我希望你和我的朋友一起去看。"

"朋友？"

"没错。其实是我发现她也想看那出戏，就提议让她代替我去看，她回答说求之不得。"

"喔，我倒无所谓，不过她不介意有个素不相识的同伴吗？"

达喜温和地微笑着，眼角却困惑地下垂。

"当然不介意。她还说一个人看很寂寞，希望哥哥也一起去。这让你为难了吗？"

柚子抬眼望向达喜。

"哪里话，我很乐意奉陪。"

达喜露出令人如沐春风的笑容。

柚子相信，心地善良的哥哥绝对不会拒绝。她更加为哥哥感到自豪了。

虽然稍显不自然，但达喜也没表现出怀疑。而且柚子觉得，即使有些不自然也没问题，反正尘埃落定后，她就会向哥哥坦白一切，因为需要他向警察做证，他当时和妹妹柚子一起去看戏了。

起初柚子考虑过请达喜协助，但她觉得达喜一定会反对。虽然他很温柔，不，正因为他很温柔，无论有什么理由他都不会赞同杀人，更何况是杀害父亲。但柚子也相信，如果在事后向他坦白，他会理解她的心情，尽全力保护她。

就这样，动手的时间定在九月十六日，星期六晚上。

行凶当天，柚子和阿菊约在浅草公园的葫芦池边见面。

下到早上的雨已经停了，天空是一片澄净的蓝，仿佛在嘲笑营营扰扰的人间。不愧是周六的下午，看得到凌云阁和仁丹广告塔的浅草公园六区人潮涌动，热闹非凡。柚子期待这份热闹能冲淡她们俩的存在感。

阿菊准时出现，两人远离喧嚣，前往澡堂。

抱着被除不洁的想法，柚子仔细清洗身体的每一个角落、每一缕发丝。

她将身体沉入浴池。皮肤被热水烫得刺痛，不久认命般逐渐适应。柚子喜欢泡澡，因为热水仿佛会渗入体内，将淤积的污秽溶解少许。

泡在浴池里，柚子轻轻摸了摸阿菊肋骨凸出的侧腹。阿菊小声尖叫着跳了起来，让柚子觉得很好笑。

洗完澡，柚子着手实现原本的目的。她替阿菊挽了发髻，精心为她化妆，阿菊的土气消失了，看上去焕然一新。柚子又让她换上带来的衣服。那是件印满红叶图案的小纹和服，色调素雅，既不过分花哨，又不失别致，柚子自己也很喜欢。

穿好和服后，阿菊不住照镜子，兴奋不已。

虽然谈不上犹如一对姊妹，但至少气质相似，如果只是匆匆一瞥，日后应该很难断定是不同的人。

柚子原本就觉得没必要过分给人留下印象。万一警察来确认情况的时候，有人证明当晚达喜和一个与自己同样年龄、同样身量的少女来看戏即可。

劝住雀跃的阿菊后，柚子告知她几点注意事项。

首先，在戏院里不可有大声说话等引人注目的举动，要保持安静。再来，对同行男子要自称"小柚"，装作是他的朋友，不可探究他的身份。看完戏后，要在合适的地方换回原来的衣服，把红叶图案的小纹和服交给同行男子。

柚子对达喜的说法是，因为借了和服给朋友，希望他在回家时帮忙收回。

让阿菊自称"小柚"，是为了预防达喜呼唤她时被旁人听到。让她自称"柚子"太过不自然，但"小柚"这样有一个字相同的，达喜应该会觉得是巧合，也不会追问。老实说，柚子拿不准是否有必要如此精心筹谋，但既然事前无法和达喜通气，难保他不会在入口处喊阿菊的名字，被戏院的工作人员听到。如此一来，阿菊这个名字就有被人记住、并向警察提供证言的风险。

不想让阿菊探究达喜的身份，是为了防止她日后因此产生怀疑。如果知道同伴的父亲是在自己看戏时遇害的，任谁都会胡思乱想。

这些条件纵然令人疑惑，却也算不上古怪，向阿菊提出之后，她只是毫不在意地连连点头，看来无须担心。她应该也不看报纸，十之八九连喜三郎的命案都不会知晓。

最后，柚子向阿菊展颜一笑。

"说了这么多，总之你安心享受看戏就好。"

阿菊喜不自胜地点了点头。

与阿菊分别后，柚子先将东西带回家。

住在家里的女佣阿露两天前回老家了，因此今天没有人知道柚子的行动。决定在今天动手也是出于这个原因，在不至于令她日后起疑的前提下，柚子设计让她暂时返乡。

柚子挑了件颜色最深、最朴素的黑底碎花和服换上，为了防止溅到血，她将用来擦脸和手的湿手巾装进水壶。为保险起见，还准备了替换的衣物和外套。她将行凶用的菜刀和这些物品一起收进包袱巾。那是把购自五金店、刀刃长五寸左右的鱼头刀。

行凶后，为了伪装成抢劫杀人，柚子打算拿走钱包。归途中随便找条河，将钱包和作案用的菜刀一起丢进去就好。

到这里为止没有任何障碍，一切都按照计划进行。柚子没有丝毫紧张或兴奋，怀着清爽的心情瞥了眼手表，就离开了家。

前去杀死喜三郎。

这是个潮湿的夜晚，随着夕阳西沉，雨水湿漉漉的余韵萦绕不散。没有风，远方的喧嚣和不知何处汽车驶过的声响，宛如亡魂般在空中幽幽飘荡。

面对通往立花家的黑暗小巷入口，柚子屏住了呼吸。这条路同样没有路灯，光线昏暗，但路面要宽阔些，天上半月的清辉和住户的灯光依稀映照出周遭的景色。柚子藏身在仿佛为她量身打造的邮箱后面，如果喜三郎从车站过来，拐进眼前的小巷，应该不会发现她。

菜刀已经插在腰封上。柚子紧握刀柄,等待喜三郎到来。她侧耳倾听着脚步声。

喜三郎走路时习惯稍稍拖着左脚,她有自信一听就能认出来,因为她总是在警惕这声音,恐惧这声音。不过为防万一,只要听到脚步声,她就会偷觑确认。从六点十五分就躲在这个地方,到现在为止有两人经过,都是陌生面孔,也没有人进入小巷。

很快到了六点半。

又过了五分钟,十分钟。

喜三郎没有来。柚子开始感到焦躁。

难道他已经到了立花家?一向守时到刻板程度的他,为什么偏偏在今天采取了与平日不同的行动?柚子自然想得到一堆理由:也许今天刚好外出时顺道过来,比平常早到;也许白天在大学脚受了伤,唯独今天坐人力车过来。

同样,也可能是今天有事耽搁了。虽然有些焦躁,柚子还是决定等到最后一刻。

脚步声再次传来。明显不是喜三郎,但她依然透过邮箱的缝隙望过去。

是个认识的男人。她知道麻将聚会喜三郎总是与"立花、铃木、栗林"三人共同举行,来者正是其中的栗林。他偶尔也会来绢田家做客,年岁尚轻的他应该是和喜三郎在同一所大学当讲师。柚子屏住呼吸以免被发现,栗林果然走进了小巷。时间刚过六点四十五分。

又等了不到五分钟,出现了一位四十岁左右的妇人,穿着绘有大朵红色山茶花的华丽和服。此人柚子也很熟悉,她是喜三郎的熟人，夫妻俩一起做演歌师①的铃木夫人。为人古板的喜三郎难得会有这种朋友，不过与栗林不同，他们似乎是通过麻将结识的。夫妻俩多次到绢田家表演过流行歌曲，由丈夫拉小提琴，夫人唱歌。柚子清楚地记得，她不愧是职业歌手，歌声具有外行人无可比拟的感染力。

铃木夫人也消失在小巷中。

令人焦灼的寂静再度降临。

就这样等到七点，柚子对着怀表吐出一口潮湿的气息，不得不承认今晚的计划失败，喜三郎恐怕不会来了。确切地说，看来今天在她抵达前，他就先一步到了立花家。

把菜刀放回包袱里，柚子失望地走向车站。

她并未放弃。杀害喜三郎的决心依旧在心底燃烧。那种坚定的信念并非炽烈的激情，而是犹如埋在灰里的炭火般，静静地持续散发热量。归途的车上，柚子反复告诉自己。只能重新拟订计划了。

然而回到家的柚子，却有意想不到的事态在等着她。

喜三郎回来了。

大晚上的上哪儿闲晃去了？柚子一进家门，喜三郎毫不留情的咆哮就在回荡。矮桌上放着酒壶，看来是因为女佣阿露也不在，没有人为他准备酒而大发雷霆。谩骂持续不断，已经和柚子晚上外出无关，连她的存在本身都遭到了否定。

从柚子记事起就是这样。她是另类、是喜三郎的出气筒。

柚子的母亲产后失调，生下她不久就过世了。半年后喜三郎再娶，但后妻脾气暴躁，又没生孩子，不到三年就被赶回老家，

---

①明治后期到昭和年间，以唱演歌为职业的艺人。

此后喜三郎一直单身。因此，柚子不但不记得亲生母亲，对继母也毫无印象。

喜三郎溺爱长子达喜，他也没有辜负父亲的期待，学业始终名列前茅。他考上东京帝国大学，不啻圆了喜三郎的心愿。对柚子来说，他也是从小引以为傲的哥哥。

像是抵消对达喜的宠爱，喜三郎对柚子从小就很严厉。在柚子的记忆中，父亲从未对自己有过好脸色。只是因为犯了孩子难免会犯的错，说了任性的话，就不但会挨耳光，更会遭到拳打脚踢。她曾多次被关在储藏室里饿到意识模糊，或是在寒气逼人的冬夜被丢在庭院里，冻到手脚失去知觉。年岁幼小的她，已经不止一两次觉得自己死定了。达喜同样不止一两次瞒着父亲，偷偷给她送来暖手炉或饭团。柚子真切地感受到，如果没有哥哥的照护，自己恐怕小小年纪就丧命了。

喜三郎的态度里是否包含了对她夺走妻子性命的怨恨，柚子不知道，也不想知道。也许是男尊女卑的观念根深蒂固，也许纯粹就是看不惯她。不过长到十五岁之后，喜三郎总算不再对她动武，取而代之的，是他有时会用黏腻又可疑的眼神看柚子，那都是阿露和达喜不在家的夜晚。

柚子静静地垂着头，等待喜三郎的怒火平息。

她解释说和朋友去浅草玩，不知不觉忘了时间，回来晚了。恭敬地垂着头连连道歉的同时，心里只觉得无可形容的荒谬。这一年来，喜三郎周六不去打麻将直接回家的次数屈指可数，为何偏偏今天就赶上了？难道这也是上天的安排？

一通斥责过后，柚子替父亲斟上酒，问道："对了，父亲，您今天不去打麻将吗？"

喜三郎锐利的眼光瞪了过来。

"原来如此,你以为我和阿露都不在,就跑出去闲晃了。"

"不,绝对不是这样……"

眼见他似乎又要发怒,柚子缩了缩身子。但他可能是咆哮累了,只冷哼一声。

"我没跟你说过吗?今晚我要乘夜间火车去大阪,有很重要的事。所以今天没去打麻将。"

这话根本没听说过,听过的话不可能忘记。

这个人总是这样,柚子内心的憎恨再次膨胀。这个人所有事情都擅自决定,别说商量,事前甚至不通知一声。

"啊,还有——"喜三郎将杯中酒一饮而尽,"等我从大阪回来,就要给你提亲,你先做好心理准备。"

我才不会让你做那种事。

在内心深处微微冒烟的炭火,霎时燃烧成熊熊烈火。

然而她的心冰冷得自己都觉得毛骨悚然。

"是。"

柚子回道,又给他斟上一杯酒后,站起身,从包袱里悄悄取出鱼头刀。她将刀握在背后以免喜三郎发觉,再次坐到他身旁。

"父亲——"

"嗯,怎么了?"喜三郎不悦地回答。

——请你吃我一刀吧。

她将鱼头刀刺进喜三郎的心脏。他好像完全搞不清楚状况。

柚子拔出刀。血仿佛被刀牵曳着喷涌出来,但并没有电影里那般夸张,反倒是浓厚的血腥味扑鼻而来。

顾不得喘息,柚子以压倒的气势再刺一刀。喜三郎倒在地板上,鲜血再次喷溅。

喜三郎发出不成声的呻吟,脸上凝固的表情与其说是惊愕,不如说是困惑。他向柚子投来哀求的眼神，反而更激起柚子内心的嗜虐欲和厌恶。终于，他的眼里失去了光彩。喜三郎咽气了，简单干脆到令她意外。

呼，柚子轻吐了一口气，有种将难料理的鱼顺利切成鱼片后的疲惫和成就感。

这是迫不得已，她对自己说。

并非后悔杀害父亲，而是对在家中杀人的辩解。错过了今天，下次动手的机会不知何时才会到来。她无论如何都要避免错失良机。而且没有人看到她回家，看戏的幌子也还可以利用。

接下来就是与时间赛跑了。

她擦掉溅到身上的血，藏好鱼头刀。为了制造歹徒闯入的假象，将室内弄得一片狼藉。她从起居室的衣柜里翻出现金和股票，本来准备在庭院里烧毁，但转念一想，倘若被人闻到气味或看到烟雾，那就适得其反了。如果被警察发现焚烧的痕迹也不妙。于是她将这些东西藏在自己的房间，日后再处理。

这时，达喜回来了。

面对喜三郎的尸体，达喜茫然无措。柚子毅然向他坦白，是她用鱼头刀刺死了父亲，理由和过程之后会详细说明，眼下希望他当成今晚两人一起去看戏，回来时发现了父亲的尸体。

达喜什么都没问，用力点了点头。

"谢谢你，哥哥。"

柚子落下泪来，不是因为悲伤，而是因为满足感。她猛地抱住达喜，哥哥的气息盈满了她的心。但现在不是磨磨蹭蹭的时候。

急急换上达喜带回的红叶图案小纹和服，她装成刚发现尸体的样子放声哭号。

"父亲！父亲！"

柚子继续以邻居都听得到的音量大声哭喊，摇晃尸体，像哀悼父亲似的将脸埋在尸体上。如此一来，即使脸上、头发上有没擦干净的血迹，也不会引起怀疑。达喜去了派出所报案，在巡警赶来之前，她一直在尸体旁流泪。

不是悲伤的泪，是获得解脱的安心的泪。

戏院前排列的旗子，纹风不动地低垂着头。

仿佛代表了柚子看完戏时的心情，她觉得很可笑。

真是一场无聊的戏。无论是女性以悲剧结局的恋爱，还是催人泪下的情节，她都不感兴趣。唯一的安慰是观众寥寥，因此并不拥挤。

距离喜三郎的死已过去九天。

对于"有小偷闯进来，喜三郎不巧撞上，因此惨遭杀害"这种看法，警方似乎丝毫没有怀疑。喜三郎每周六都会参加麻将聚会，当天却碰巧在家，这件事她和达喜都不知情，唯一的女佣也休假回乡了。柚子还告诉警方，周六她和达喜经常一起出行。因此，小偷本打算闯空门，却在起居室意外撞上喜三郎，情急之下将他杀害，这样的推断很合理。照此看来，小偷应该对绢田家的情况了如指掌。但喜三郎喜欢打麻将是出了名的，只要监视绢田家就大致有数了。当然，警方应该也不排除没有预谋、随机作案的可能性。

对于柚子当天伪装去看的戏，警方并没有提出尖锐的问题。柚子不清楚警方是否向戏院的人核实过，但既然现在还没受到严厉的讯问，想来没有怀疑她的证词。表面上，她也没有杀死亲生父亲喜三郎的理由。

从杀害父亲的动机到当天的计划，柚子向达喜坦白了一切，没有丝毫保留。达喜也流下眼泪，说让她受了委屈，并坚定表示，无论发生任何事都会保护她。只要有这句话，柚子已心满意足。

据达喜回忆，阿菊谨遵她的嘱咐，安安静静地看戏，应该没有日后会横生枝节的言行。达喜还说，这出戏她看得很感动，十分感谢柚子。

虽然听达喜介绍了戏的内容，但慎重起见，柚子觉得还是应该看一次。于是在头七结束、事情暂且告一段落的今天，她前来观看达喜和阿菊看过的戏。时至今日，她觉得警方怀疑自己的可能性已经微乎其微，但万一在这上面露了破绽，那就太愚蠢了。

柚子整了整深蓝色和服的领口，抬头望向褪色的秋日天空，只见鳞状的云斑驳地延伸开去。

因为是中午的场次，直接回家未免可惜。她思量着不如在浅草的闹市区信步逛逛，如果有感兴趣的电影，也不妨换换口味。正要迈出步伐时——

"这位小姐。"

有人唤住了她。

回头一看，是个身穿时髦的洋服，三十岁左右的男人。他的长相很有男人味，露出的笑容却出奇的温柔。他肯定不是熟人，只是个素昧平生的人，尽管如此，柚子还是觉得好像在哪里见过，想不起来让她心里发急。

"你好，有什么事吗？"

"我也看了这出戏。"他伸出手指了指戏院，皱起眉头，"没多大意思。不，说得直白点，就是浪费时间和金钱。"

说罢，男人爽朗地笑了。看上去不像坏人，但着实让人捉摸不透。

"抱怨的话请对剧团说，跟我没有关系。"

柚子道了声"再见"就转过身，男人慌张的声音紧随而至。

"啊，等等、等等。我并不是向你抱怨，反而很感谢这出戏，因为让我遇到了你。"

难以置信会有人在光天化日下、在大街上，对初次见面的女人说出这种话。

"请不要这样，我会很困扰。"

柚子知道自己容貌出众，一直以来追求者众多，也有人热情游说她去当女演员，但在街上偶然相遇就叫住她搭讪，这样的人她还是第一次遇到。

"我不是那个意思。"男人正色说道，"请务必做我的模特儿。"

"模特儿？"

"没错，我希望以你为题材作画。自我介绍晚了，我叫茂次郎，以绘画和写诗为生，虽然自己这么说不太合适，不过还算有点名气——"

听到男人报出的雅号，柚子不由得"啊"地惊呼一声，随即捂住了嘴。即使对绘画领域不甚了解的柚子也知道，那是以美人画著称的当代最受欢迎的画家。他也确实没有招摇撞骗，柚子已经清楚地想起，那张在报纸和杂志上见过多次的面孔。

"你就是那位……"

"叫我茂次郎就好。"

柚子用右手按着领口。

"你要画我？"

"是的。看到你的那一瞬间，我就感受到你正是我寻求的女

午夜文库

繁花 将逝

散り行く花

性。"

"可是这种事……"

"没必要想得太复杂,你只需坐着即可。"

"但还是会不好意思。"

"你很美——"

听到这犹如戏剧台词般直截了当的话语,柚子不由得耳根发热。茂次郎那玻璃珠般清澈的眼眸定定地望着柚子。

"不是'容颜姣好'这种陈词滥调。外表美丽的女人有得是,但你不同。从压抑中解脱出来的愉悦,造就了你非比寻常的艳丽。那是稀有的、只有此刻的你才拥有的美。我想将这份美永久留存,而不是转瞬即逝。

"这或许只是一介画家的希求,不过我相信,也定将给你带来喜悦。你可愿成全我这个心愿?"

茂次郎态度诚挚地低头行礼。

柚子吃了一惊,仿佛一切都被他看穿了。但她并没有不快。虽然说的话让人很难为情,但她能感受到他并非心怀邪念花言巧语,而是像殉教者那样遵从本心,追求自己信仰的艺术。正因如此,他才能一眼看出柚子的心境。

她的确有些被他的诚意打动,但更重要的是,她生出了一种欲望,想让这位画家描绘现在的自己。这与他是否有名无关,而是受他的热情感染,也是作为女人的普遍欲望。

"我有个请求。"

茂次郎抬起头,问道:"什么事?"

"一张就行,希望除了画我,还为我和某个人画一张双人图。接受这个条件我就答应。"

"小事一桩。"

说着，茂次郎的表情放松下来，露出少年般亲切至极的笑容。

随着喜三郎过世，形形色色的客人以前所未有的数量汹涌而来。人潮退去后，犹如遭到废弃般空荡荡的起居室里，现在坐着茂次郎。供奉在壁龛里的菊花已近枯萎，柚子觉得有点丢脸。

"请用。"柚子给他端上茶。正打量着室内的茂次郎回了礼，望向柚子。

"很气派的房子啊。"

"老房子罢了。"

"女佣是去购物了吗？"

见柚子迷惑不解，他接着说道："所以你作为这家的小姐或太太，才会亲自上茶啊。"

"喔，以前有一名女佣，不过前几天辞退了。"

得知喜三郎遇害，阿露立刻结束行程赶回。但当警方的调查告一段落后，柚子命她过了头七就离开。尽管阿露有怨怼，但随着喜三郎的死，她在这栋宅邸里已不再有容身之地。柚子很感谢她十多年来尽心竭力的工作，但失去了家里唯一的经济支柱，如今的情势已不容许他们享受过分的奢侈。在父亲的严格管教下，柚子做饭洗衣样样熟练，最重要的是她并不讨厌做家务，完全感受不到继续雇人的必要。

"哦，前些日子出了什么事吗？"

"没有，不是什么要紧事……"

见她含糊其辞，茂次郎嘴角扭曲成只能称为冷笑的形状。

"是因为一家之主去世了吧。"

宛如背脊被泼了盆冷水般，柚子感到一阵战栗。

为什么他会知道这件事？路上虽然做了自我介绍，但她并未透露父亲遇害的事。

像是为了让僵硬的柚子放松下来，茂次郎表情柔和地轻轻晃了晃头。

"不好意思，我知道这样做不礼貌，但实在很在意，刚才偷偷瞧了那下面。"

他指了指铺在榻榻米上的凉席。"啊！"柚子叹了口气。

尽管移动了矮桌的位置以掩人耳目，但覆着凉席的榻榻米上，至今仍顽固地粘附着喜三郎的血迹，仿佛他残留的对人世的眷恋。如果把脸凑近，还能闻到类似腐臭的血腥味，一看就知道是血迹。柚子担心擅自丢弃或有不便，遂一直维持原状，不过她也正在考虑向警方确认，没问题的话就找榻榻米店来更换。

"说来惭愧。不过，你怎么猜到是一家之主去世了？"

"只是简单的推测。首先，你说解雇了女佣，可以猜想发生了造成重大变化的事。然后就是这血迹，由此认为有人死了，大约不算胡思乱想。那么，是谁死了呢？不太可能是夫人，否则不会解雇女佣。虽然也有可能是孩子，但还是一家之主去世的概率更高。失去了家中的经济支柱，就很难继续雇用用人了。

"另一种可能是，死的是女佣，你为了掩饰此事，谎称解雇了她。但壁龛里有将要枯萎的菊花，前不久应该做过法事。你也像服丧一样，穿着接近深蓝色的暗色系和服和腰带。如此看来，还是家人过世更合情理。"

茂次郎露出纯真无邪的眼神，朝着柚子微笑。

柚子把托盘抱在胸前，怔怔地张着嘴。回过神时，她慌忙咽下口水。

"我吓了一跳。茂次郎先生不仅有绘画和写诗的才能，还有那个……该怎么说呢……"

"推理能力？"

"没错，就像侦探小说的主角一样，头脑很敏锐。"

"哪里哪里。"茂次郎轻轻挥了挥手，"不过是单纯的推测罢了。这且不提，那不是寻常的出血量，莫非户主是遭人杀害？不知是柚子小姐的父亲，还是丈夫？"

"是家父。"柚子垂下眼回答。

一句话从天而降，落在她的肩上。

"方便的话，可以说说吗？"

虽然感到一抹不安，但这件事只要调查就会知道，固执地缄口不语也显得不自然，于是柚子开始讲述喜三郎遇害的经过。但说着说着她才意识到，这也是害怕被怀疑的心理折射。如果父亲确实是被歹徒所杀，对一个今天才认识的男人，婉言拒绝深谈此事也是很自然的反应。但无论如何，既然已经开了口，就不能半途而废。

茂次郎一只手支在端正的脸庞上，不时点头，静静地倾听着。喝茶的声音在房间里回响，仿佛在附和柚子的话。午后的阳光从窄廊照进来，将两人的影子映在老旧的榻榻米上，宛如一幅淡淡的水墨画。不知何处传来斑鸠的鸣叫，许是落在了庭院里。恰在此时，柚子的讲述结束了。

茂次郎道了谢，接着郑重地表示哀悼。

尽管绝无悲伤之情，柚子还是义务性地说出已重复了几百遍的回答。虽然心有厌烦，但她深知这是作为喜三郎女儿最后的责任。

"对了——"茂次郎端起茶杯正要啜饮，却发现杯中已空，又放回桌上。

坐在对面的柚子起身要去添茶，茂次郎却以手势制止："不用了。"

"对了，你说和令兄一起回来时发现了尸体，你们是去了哪里？"

他向柚子投来锐利的视线。柚子感觉衣物底下的身体仿佛被直接看穿，不由得单手环住另一侧手臂，像是要抱紧自己。这大概是心虚之下的本能反应。

刻意隐瞒也不自然，柚子自觉刚才将案发经过讲述得恰如其分，但她下意识地隐瞒了"从戏院回来"这个细节，因为那并非事实，也因为她是为了圆谎去戏院才遇到了茂次郎，一时犹豫没有提及。莫非他察觉有异？虽然很后悔，但她也冷静判断出勉强弥缝不是上策。

"我们去看戏了。"

"哦，你好像很喜欢看戏。当时看的是哪出戏？"

没办法了，柚子下定决心。倘若日后谎言败露，只会令他疑虑更深。

"跟刚才是同一出戏。其实今天我是第二次看。"

"第二次！"茂次郎看似刻意地瞪大双眼，不知这是否也是她因为心虚而生的错觉。"看来你很中意那出戏。"

"嗯，还好……"

柚子含糊地回答，视线在矮桌的木纹上游移。

"真是巧了。"茂次郎的声音听来分外开朗，"那个周六的晚上，我也看了和今天同样的戏。"

"什么？"柚子抬起头。与声音相反，他那毫无笑意的眼睛正紧盯着她。

他在说谎——这个念头立刻涌上柚子心头。不可能有这种巧合。刚才他还评价说浪费时间，那很明显是第一次看的感想。不知他是否还记得自己说过的话，泰然地继续说道：

"对了，上上周六发生了一件有点好笑的事。正演到精彩场面时主演的扇子掉了，砸到了观众身上，可真叫人扫兴呢！"

呵呵，柚子笑了。

很明显他在试探。这一定是他捏造出来的。要是有如此令人印象深刻的事，达喜应该会告诉她。

"有这种事吗？不好意思，我没印象。"

"哎呀，是吗？或许是我记错了吧。"

"我实话实说，"柚子理了理脚下的和服，挺直脊背，"那天看到中途我打了瞌睡。因为很丢脸，就没告诉哥哥，回去的路上聊起来，也都是随口附和。因为落了一半，自然有很多不明所以的地方，我心里一直记挂着，就像鱼刺卡在嗓子里一样在意，所以今天稍微有点空闲，就偷偷再去看。"

真是惭愧啊，柚子苦笑。只要这样说，茂次郎就不会再追问，去看两次也不显得奇怪了。

"原来如此。"茂次郎一拍大腿，"那你觉得如何？"

"你指的是？"

"认真看完演出后的感想。"

"这个嘛……算不上浪费时间，不过看了两遍，也算是浪费金钱。"

"这样啊。"茂次郎爽朗地哈哈大笑。

"且不提这个，"柚子问道，"茂次郎先生，你之前不是也说，看这出戏就是浪费时间和金钱，为什么还要看两次呢？"

她想稍稍还以颜色。

茂次郎却不以为意，夷然说道："越是无聊我越是要再看一遍，想确认是不是真的无聊。不过九成九都是后悔浪费时间。我这个脾气也真是难搞。"

想也知道，他是在信口开河。

他显然对柚子抱有不信任感，并且无意隐瞒。只是柚子不知道原因何在。虽然一开始没告诉他案发当晚去看戏的事，但难以想象仅从此事就能看穿她的心虚。

想到这里，柚子想起了一件事。在戏院前他的确对柚子说过，看得出她从压抑中解脱出来的愉悦。难道他一眼就看出，愉悦是源于父亲的死？

如同黑夜会不容分说地到来，柚子感觉眼看到手的安稳生活蒙上了阴影。茂次郎果真是灾难的前兆吗？

不用担心——柚子告诉自己。茂次郎应该尚未怀疑她涉嫌杀人。再者，无论他多么有名，一介画家也不可能揭露连警方都没能识破的罪行。不，正因为是有名的画家，更没有理由插手一个微不足道的庸常女子的家事。

话虽如此，她还是希望有时间让自己冷静下来。

柚子向庭院瞥了一眼，西斜的阳光照在柚树上，阴影比平时更浓重。

"茂次郎先生，是我邀请你前来，这样说很抱歉，不过刚才聊得太过投入了些，我差不多要准备晚餐了，今天就……"

"啊，是喔。"

茂次郎也看了眼庭院，用力点头。两只麻雀腾空飞去。

"可以改日再请你担任模特儿吗？"

说罢，茂次郎再次凝视着柚子。从那双眼眸里可以感受到作为画家的纯粹愿望，又似乎在谋划着什么。

虽然有戒心，但事到如今也不便拒绝。柚子暧昧地点点头，将他送到玄关。茂次郎穿上黑亮的进口高级皮鞋，回过头问：

"已故的喜三郎先生喜欢打麻将吧？那你呢？"

尽管柚子向他提过，喜三郎遇害当晚临时取消了惯常的麻将聚会，这个陡然抛出的问题还是让她不知所措，怔怔地"啊"了一声。

"我没打过，也不知道怎么打。"

"令尊没邀你参加过那个麻将聚会？"

柚子缓缓摇头。尽管无心流露，嘴唇和双眼却透着心灰意冷的疲惫。

"家父是个老派人，打心底看不惯职业妇女之类女人仿效男人的行为。他不可能邀请女人去那种娱乐场所。"

"不过，麻将也不全然是男人的消遣。听说有钱人家的太太小姐当中，麻将爱好者也在逐渐增加。"

"啊，这么说来，家父的麻将聚会也有一名女性，是位演歌师。"

"我就说吧，今后是女性也可以享受游戏乐趣的时代。"

"茂次郎先生也喜欢打麻将吗？"

"不，一点也不。"

他的表情和语气都仿佛陡然清醒过来。

望着茂次郎离去的背影，柚子忽然想起一件事。大约一年前，他曾经涉嫌杀人，虽然嫌疑很快被排除，但他恐怕隐藏着不为人知的本性。

无论如何，绝不可推心置腹，也不可疏忽大意。柚子瞪着紧闭的格子门好一会儿，仿佛要铭刻自己的决心。

装点在玄关的菊花像是抵不住她的气势，落寞地低着头。

与茂次郎的再会出乎意料的早，并且是以柚子意想不到的形式到来。

用完晚餐，绢田家突然有人来访。都这么晚了，还有谁登门呢？柚子疑惑地打开门一看，门外是一脸喜色的茂次郎。这是初次相遇两天后的事。

有淡淡的腥味飘来，柚子向他手边望去，只见他抓着一条鱼。鱼身扁平，眼睛在右侧，是鲽鱼。茂次郎举起那条光润漂亮的绛紫色鲽鱼。

"抱歉这么晚突然来打扰。我知道很冒昧，不过难得买到上好的鲽鱼，想送给柚子小姐，也想跟令兄先打个招呼。如果不方便的话，收下这条鱼就好。"

"谁啊？"恰在这时，达喜探出脸来。因为听柚子说过，他似乎立刻认出了对方。

"啊！你就是……"

"幸会，我是茂次郎。"他很客气地躬身行礼。

"我是柚子的哥哥达喜，我听她说过你。时间方便的话，请进来坐坐。"

"那我就叨扰了。"

两人撇开发愣的柚子自顾交谈，回过神时，她已被独自留在玄关。尽管她本来就没打算收下礼物就把客人打发走，但还是摸不透他在想什么，总觉得心里有点发毛。虽然如此，也不能一直被对方的气势镇住，柚子连忙跟上谈笑风生的达喜和茂次郎。

茂次郎说了声"我来料理"，就一副熟门熟路的样子走向厨房。柚子忙说怎能让客人亲自动手，请他坐在那里，由她来宰鱼。茂次郎却不理会，表示别看他这样，其实很擅长厨艺，然后将鲽鱼放到砧板上，说声"借用一下"就挑选起菜刀。柚子清清楚楚地看到，彼时他的嘴角满足地扬了起来。

"哟，有两把相似的鱼头刀，这把还是崭新的。"

他将柚子前不久刚在五金店买的菜刀举到眼前。一股寒气从衣摆渗入，又从脖颈穿出。

不消说，那正是夺去喜三郎性命的鱼头刀。

按照当初的计划，柚子本打算作案后，在回家路上将菜刀抛入河中。考虑到如果家里的菜刀不见了，会被女佣阿露发现，所以买了把新的。但没想到行凶地点变成自己家中，由此失去了丢弃凶器的机会。倘若有人目击到她独自出门，就会与外出看戏回来发现尸体的证词产生矛盾。不得已，柚子只能洗掉血迹，用布包起菜刀，藏在自己的房间里。

尽管因此侥幸过关，现在却想丢也丢不了了。考虑到万一丢弃时被人目睹，或者警察暗中监视等情况，在风头过去前，这样做都很危险。然而一直藏在自己房间里，也让她提心吊胆。如果她因故遭到怀疑，警方搜查家中，在她房间里发现菜刀，就会成为无可辩驳的证据。于是在阿露离开后，她将凶器混入厨房的菜刀中。厨房不是外人看得到的地方，这样一来也不会显得可疑了。当然，她不打算用杀过人的凶器来料理菜肴，达喜也知道这件事。

举起的鱼头刀后方，茂次郎的眼睛在问：这下你该怎么解释呢？虽然不能肯定，但他带鲽鱼过来，应该是抱着或许会发现凶器的打算。

柚子感到侵蚀她的黑暗正一点点渗透到皮肤底下。但她尽量不去留意，将那天动手时的决心灌注在微笑中。

"是啊，那是之前朋友送的。收人礼物说这话很不好意思，不过那把刀品质似乎欠佳，几乎没有使用过。茂次郎先生，你用那把旧的鱼头刀吧,虽然用了多年,却是把不折不扣的好刀,用它料理会更加得心应手。"

柚子面带微笑,等着他不依不饶的追问。出乎意料的是,他似乎别无深意,嘟囔了声"明白了",便换了旧的鱼头刀。

茂次郎没说假话,料理鲽鱼的手法干净利落。柚子也来帮忙,做了酱汁烤鲽鱼。

之后,拿鲽鱼当下酒菜,达喜和茂次郎对酌。

在茂次郎的邀请下,柚子虽然酒量不大,也一起喝了酒。如果喜三郎还在世,绝不会容许这种情形发生,因为他公开宣称,女人的职责是准备酒水、下酒菜和斟酒,与男人同席共饮简直是荒唐。

听闻此事,茂次郎颇为愤慨,认为这是严重落伍的观念。他慷慨陈词,表示今后的时代女人要从男人的阴影里走出来,绽放更加大胆、更加美丽的光彩。距离平冢雷鸟等人发行《青鞜》杂志,写下"女性原本是太阳"的宣言已过去四年了,社会上的男性还是那么鄙陋,不愿承认时代的变化。

达喜也赞同他的看法,两人热络地讨论起来。

原本做好准备,以为茂次郎会千方百计打探喜三郎命案的柚子,也静下心来看着两人谈论。身体深处那股愉悦的温暖,应该不只是缘于醉意。

夜色渐深,茂次郎忽然想起似的问道:

"对了,忘了请教,达喜先生是从事什么工作?"

"说来惭愧,我现在还是学生,在帝大读书。"

"嘀,帝大的学生,真是厉害,可谓日本未来的栋梁。迟早会继承父业,当上大学教授吧?"

"过奖过奖,我不是什么了不起的人。原本计划明年春天毕业后，去福冈的公司上班，只是家父意外去世，考虑到这座宅邸和柚子，我打算在东京重新找工作。无论如何，我已经没有资本埋头读书不问世事，必须马上赚钱养家。"

达喜露出自嘲的笑容。

茂次郎安慰了他一番，并表示有事随时可以找他帮忙。

庭院犹如野地，随处杂草丛生。铃虫和蟋蟀在鸣叫，为谈话添了色彩。夜晚清冽的空气轻拂过脸颊，抚慰了酒意上涌的身体。

柚子心想：有多久没经历过这种不消耗精神的愉快酒宴了？其实用不着想，绝对是第一次。如果喜三郎还活着，绝不可能经历这样的夜晚。

喝到中途，茂次郎就请柚子担任模特儿一事征求达喜的同意。达喜一口答应，表示这是自家的荣幸。不过，虽然是半开玩笑的语气，他还是委婉地提醒茂次郎，不可对妹妹暗送秋波。茂次郎也一脸严肃地承诺。

酒宴在将近凌晨时结束，因为达喜已经醉眼迷离，摇摇晃晃。

"哥哥，你没事吧？"

见达喜差点儿一头撞上矮桌，柚子慌忙从旁扶住。达喜的酒量并不差，不过他看起来很愉快，似乎喝了不少酒。

茂次郎看了一眼墙上的摆钟，伸手拍了拍额头。

"不好意思，打扰太久了。"

柚子先扶达喜躺下来，再将茂次郎送到玄关。她郑重地鞠了个躬。

"今晚真是感谢，鲽鱼也很美味。"

"哪里，贸然来访还受到这么热情的款待，我才应该感谢。今晚过得非常愉快。"

"客气了，我们也很愉快，不知多久没见过哥哥那样兴高采烈地聊天了。"

这是真心话。柚子带着笑再次行了一礼后，忽然意识到了什么，讪讪地缩了缩脖子。

"现在还在服丧期间，这样不合规矩吧？"

"不用在意。没有父母看到孩子开心的样子还会骂他们没规矩。"

才不是呢——柚子心里想着，却没有说出来。

"茂次郎先生，你有孩子吗？"

"有两个，都是男孩。"

正要问可不可爱，柚子又把话咽了回去，微微一笑。无须再问，眼前这张脸上洋溢着对孩子发自内心的爱。

"对了，"茂次郎继续说道，"后天星期五下午如何？"

"咦？"柚子皱起眉。

"就是这个啦。"茂次郎笑嘻嘻地做出画画的动作，"你方便吗？"

"噢，好的。"

那天柚子并无要事，便条件反射般地答应了。茂次郎表示很期待，随即离去。

蓦然间，一股难以言喻的不安袭上心头。茂次郎对喜三郎的命案抱有怀疑，确切地说，他在怀疑柚子。这样顺势应允当模特儿合适吗？柚子咬紧嘴唇，摆弄着自己的衣袖。

然而，当模特儿是之前就约定好的，达喜也同意了，无论如何都无法拒绝。如果拒绝，只会加深他的疑心，况且事到如今，是否同意当模特儿已经无关紧要了。

她只有装傻到底。

柚子用力握紧衣袖，毅然决然地转过身，回到起居室。

"哥哥……"

达喜已经酣然入睡。望着他幸福的睡脸，柚子不忍心叫醒他，但不把他叫醒，送他回卧室又很困难。

柚子从卧室拿来棉被，盖在睡着的达喜身上，将枕头慢慢塞到他头底下，然后轻手轻脚地关上窄廊的防雨板和纸拉门。幽幽的虫鸣在回响，仿佛在诉说被抛下的悲伤。点燃烛火后，柚子关了电灯，凝视着火焰在达喜脸上摇曳的阴影，确认了自己的决心。

无论茂次郎说什么，提出什么证据，她都要装傻到底。

柚子蹲下身，轻轻摘掉黏在达喜额头的线头。

"晚安，哥哥。"

那户人家位于小石川鳞次栉比的宅邸一角。

与雅致的住宅区相对应，这里既听不到挑着扁担的叫卖声，也听不到孩子们的嬉闹声。不过或许是还在清晨的缘故。柚子觉得尽早过来比较好，最后送在起居室睡到天亮的达喜出门去上大学后，自己也紧跟着出了门。

来的路上，柚子时刻留意身后有没有人跟踪，有没有可疑的人影。她在同一条路上迂回，故意搭上市内电车，也曾飞快拐进岔路藏身片刻。

远处随风飘来若断若续的小提琴声和疑似德语的歌声，可能是留声机在播放唱片。耳边有鸟儿鸣啭，宛如与小提琴遥相呼应。抬头看，天空万里无云，只有泛白的淡蓝帷幕平坦地延伸开去。

应该就在这附近。

柚子小声念叨着，目光停留在宅邸前拿着竹扫帚扫地的女人身上。正要上前打听时，她忽然低低惊呼一声。对方正是她要找的人。

沙，沙，配合着竹扫帚利落的声响，柚子走到她身边。

"阿菊。"

听到呼唤，她愣愣地"咦"了一声，接着抬起头，顿时惊得瞪圆眼睛，嘴巴大张。

"柚子小姐，好久不见。怎么了？"

她就是行凶当晚，作为柚子替身去看戏的少女。柚子听说，她在位于小石川的绉绸批发商家当下女。

"我来附近有事。"

"好久不见了。啊，那天真是太感谢你了。"

看到阿菊露出无忧无虑的笑容，柚子暗自松了口气。看来她并未起疑，也没有人跟她接触。

从目前的情况来看，无须担心警方，令人不安的是茂次郎。

如果他对柚子心存疑虑，就会认为去戏院的证词是假的。如此一来，进而推测是否有人代替柚子看戏也很自然。

最需要警惕的，就是茂次郎找到阿菊。这是柚子得出的结论。倘若他拿到阿菊的证词，证明案发当晚是阿菊和达喜一起去看戏，她就再也无法抵赖了。

柚子保持着微笑，解开手上的包袱，取出一个纸包。

"虽然是别人送的，但不嫌弃的话请收下。"

"咦，真的可以吗？"

"这是小传马町一家叫白栗庵的店的豆沙包，我昨天收到很多。这家店是今年年初新开的，据说口碑很好。刚好今天有事来这边，所以分一些给你。"

这只是掩饰牵强之处的借口，豆沙包是柚子刚才自己买的。阿菊丝毫没有怀疑，率直地绽放笑容。

"哇，谢谢你！我会和太太一起分享。"

"啊，我想你应该知道，那天晚上的事是要保密的。"

"当然，那件事我会妥善掩盖过去。哇，我听说过白栗庵的大名，早就想吃了。"

阿菊似乎完全沉迷于豆沙包。虽然令人欣慰，反过来也感觉不太可靠。但现在也只有相信她了。

"对了……"柚子微微侧头问道，"最近有没有人来找过你？"

"咦，你是说谁？"

"一个三十岁左右的男人，长得不坏，也有绅士风度。"

"来找我吗？"

"对，直接找你。"

阿菊用力摇头。

"完全没有头绪。"

"这样啊，那就好。还有，你会经常去那家戏院附近吗？比如从门前经过之类。"

"不会，我不常去。那天是在跑腿的途中，我是第一次被派去那户人家，之后也再没去过。"

"是吗？那我就放心了。不过短时间内，你最好不要从那家戏院前经过。"

"啊？为什么？"

"这是因为……"柚子摆出沉痛的表情，说出事先预备好的台词。"听说最近那条路上频频发生针对女性的扒窃事件，而且虽然原因不明，但针对的都是你我这样十八岁左右的姑娘。这是前几天去那间戏院看戏的时候，坐在旁边的人告诉我的，叫我要小心点。"

"哇，好可怕。我会当心的。"

"是啊。小偷大概很快就会被捕，或者转移到别的地方，不过暂时还是避开比较保险。"

"好的，谢谢你特地来告诉我。"

如果茂次郎要找她的替身，他会怎么做？虽然可能要花些时间，但柚子觉得他应该会在戏院前征集线索。除此之外，似乎别无有效的手段。

说不定他会张贴告示，寻找一名九月十八日晚在该戏院看戏的女性。既然是替身，可以推测身高、体形、年龄都与柚子相若。或许他还会在告示上写明，如有符合条件者，将会致送酬金。如果阿菊路过，就有在酬金诱惑下透露那天晚上的事的危险。因此，柚子认为，眼下须得让阿菊远离戏院附近。

茂次郎会不会做到这种程度尚存疑，她只是想尽力未雨绸缪。

聊太久怕你挨骂，柚子以此为由结束话题，转身离去。

包袱里还有给自己和达喜买的豆沙包。柚子盘算着今天要泡杯来客用的好茶，不觉露出笑容。白栗庵的豆沙包是她最爱吃的甜点。

迈入十月的周五下午，茂次郎如约而至。

他带了本大到需要两手合抱的素描簿，还带来了自己精心设计的新手巾作为礼物，说这是之后吴服町的店里预定贩售的商品。

草草喝过茶，茂次郎便着手准备作画。

柚子收拾好矮桌，侧身坐在房间深处的坐垫上。茂次郎对姿势没再作详细指示,只说自然就好,于是她单手撑在榻榻米上,微低着头,看向斜下方。茂次郎满意地点点头,在稍远的窄廊前坐下,支起素描簿,立刻挥动起铅笔。

那天一早就看似要下雨,天空布满厚重的乌云。湿度很高,因此不觉凉意。尽管窄廊的纸拉门大开,室内光线依然有些暗,但茂次郎没有打开电灯,全神贯注地作画。

起初,柚子有些莫名的害羞和被凝视的紧张,但渐渐地,这些感觉都淡去了。铅笔摩擦纸面的声音,仿佛化为沿海冷清渔民小镇的旅馆窗边传来的海涛声。周围的景色一点点失去色彩,她终于沉浸在陶然的心情中。

就在这时,开始素描后的茂次郎第一次开口,语气轻松得如同闲话家常。

"我认为杀害喜三郎先生的人,就是柚子小姐。"

这句话来得突兀,又正当她意识恍惚之际,反而没让她慌乱。

话语渗入体内,就在她踌躇该如何回应时,茂次郎继续说道:

"以此为前提,不难想象你当天的行动。我尽可能地调查了这起命案,也去看了喜三郎先生每周都去打麻将的立花家。从最近的车站过去有条近道,是一条狭窄昏暗的小巷。你当初是打算在那里杀了父亲吧?

"我也调查了一下喜三郎先生。不管是好是坏,很多人都说他节俭又古板,也有人说他铁石心肠。他的日常活动似乎都遵循固定的时间、顺序或习惯,你作为亲生女儿,推测父亲的行动应该很容易。

"然而当天发生了意想不到的事。喜三郎先生没有参加麻将聚会,而是待在家里。据说当晚他准备前往大阪,这是喜三郎先生在大学的熟人告诉我的。但你并不知情,恐怕是放弃行凶回家后才得知的。不过，你还是按照原定计划杀害了父亲，并迅速伪装成歹徒入侵。"

柚子一直凝视着榻榻米的纹路。榻榻米上有一只不合季节的蚂蚁，晃晃悠悠地来回转圈。她的视线追逐着蚂蚁，等到茂次郎住口不语，才缓缓摇了摇头。

"这么说太过分了。这都是茂次郎先生的想象吧？"

"对，是我的想象。不过假设你杀了喜三郎先生，综合现场的状况、喜三郎先生的行动、我获得的证言、客观事实与心理因素来判断，很难想象还有其他可能。"

"为什么呢？"

柚子拈起蚂蚁，让它在自己的手指上爬行。她怕心思被看穿，不敢直视茂次郎。

"为什么怀疑是我杀了父亲？"

"不，不是怀疑，是确信。你犯了罪，对我来说是毋庸置疑的事实。"

"为什么……？！"

对着在手指上爬行的蚂蚁，柚子有些急促地叫道。这并不是答案。

凛然又蕴含着悲伤的声音在耳畔响起。

"我看得到背负着罪孽的女人的气息。"

啊？柚子抬起头。

茂次郎也停下手，直视着柚子。他的眼神里没有怜悯，没有谴责，也没有慈悲，而是一片纯净。那双眼眸只是接纳映在其中的一切。那犹如玻璃珠的眼里，仿佛有一条夏日在不熟悉的街区偶然发现的小巷。那条路充满魅力，让人渴望踏入其中，去确认路的尽头是什么。然而一定会迷失方向，无法回头。自己在偷看这条小巷，也有人在路的另一侧回望。

被吸引进去的恐惧促使柚子焦躁地别开视线。温柔但不带感情的陈述还在继续。

"基于这个假设，你当晚和哥哥达喜先生一起看戏就是谎言。如此看来，你应该为自己准备了替身。"

柚子避开他的眼睛，视线在榻榻米边缘游移。明知徒劳，她还是反驳道："怎能这样一口咬定？就算我真的是凶手，也有可能是临时起意行凶，说不定连哥哥去看戏都是假的。"

"不，不可能。如果是冲动行凶，就不会为了掩饰罪行而假称去看戏。警方只要一调查，谎言立刻就会败露。就算听起来可疑，也不如说是去浅草六区散步，或是在隅田川纳凉。

"刚巧达喜先生一个人去看戏，事后临时谎称与他同行，这种可能性也不大。说不定会有人作证他是单独前来，这比你随口撒个无凭无据的谎还糟糕。即使没有目击者，也可以坚称自己确实去看戏了，但只要出现达喜先生独自看戏的证言，你就很难装傻到底。

"你和达喜先生都很聪明，这与学历无关，只要聊上几句就会知道。我不认为你会撒这么拙劣的谎。既然你们声称去看了戏，就说明这是有预谋的犯罪，你一定准备了替身。"

逻辑严密的话语娓娓道来，几乎将柚子压垮。

还没到最后关头，还不要紧。她给自己打气。

"请不要毫无根据地臆测。你有证据吗？我那晚没去看戏的证据。还是说，你找到了我准备的替身？"

耳边传来茂次郎低低的叹息。柚子猛然抬头，偷觑了他一眼。"很遗憾。"他说着，露出疲倦的笑，沉静地摇了摇头。

"我也想过找出那名女子的方法，但很费事，找到的可能性又微乎其微。那样做只是白费力气，所以我放弃了。"

既然如此，就没什么可担心的了。

柚子闭上眼，暗暗松了口气。只要没找到阿菊，就不存在证明那晚罪行的证据。

她睁开眼睛，望向茂次郎。那张看不出表情和情绪的脸孔再次攫住了她。他究竟在想什么？不，他是在谋算什么？柚子全然看不出，也捉摸不透，像被猫舌舔舐过肌肤，有种让人讨厌的粗糙触感。

"对了——"茂次郎依旧一派闲聊的语气问道，"令尊过世后，你跟他的牌友立花先生、栗林先生、铃木夫妻见过面吗？"

虽然感到讶异，柚子还是如实回答。

"见过，他们都参加了家父的葬礼。"

"当时有没有聊些什么？"

"没有，只是来吊唁。我和他们并不很熟悉。"

"我明白了。麻将是只能四个人玩的游戏，五个人会多出一人，三个人则玩不起来。如果超过五人，适当轮换就可以解决，但绝对要保证凑齐四人。

"那天喜三郎先生确定缺席麻将聚会，因此要找到一名参加者补上——这在麻将中叫牌友。但是喜三郎确定缺席，也就是决定去大阪，是在聚会前一天，时间已经所剩无几。虽然问过几个有麻将经验的朋友，但急切间找不到正好有空的人。三缺一是打不了麻将的，然而立花先生是狂热的麻将迷，说什么也要避免这种局面，于是匆忙找上铃木先生的夫人。她虽然没有经验，可总比办不成聚会好。"

咦？

虽然还没想明白，但柚子的直觉告诉她，自己正被逼进没有出口的死胡同。茂次郎那既不带责难，也并非故作冷漠的话语，伴随着掺杂湿气的微风在房间里飘荡。

"我们第一次见面那天，柚子小姐说过，父亲的麻将聚会上也有身为演歌师的女性参加。你是何时何地知道铃木夫人参加过的？铃木夫人只在那天晚上参加过麻将聚会，我也向与会的诸人确认过了，没有人向外界提及过这件事。也就是说，知道铃木夫人参加的，只有立花先生、栗林先生和铃木夫妻四人。

"也不可能是你误会了。如果反过来，以为没有女性参加过还可以理解。但你知道麻将不是女性玩的游戏，喜三郎先生也反感女性参加，不可能毫无来由地认为铃木夫人参加了麻将聚会。

"那么，理由是什么？不必说，是你亲眼看到过。案发当晚，你在立花家附近看到铃木夫人走进小巷。顺便一提，那天铃木夫妻是分头过去的，铃木先生早一步，下午六点过后就到了立花家。铃木夫人则是在六点五十分到来，那时你应该正在看戏。"

柚子死死地盯着榻榻米的纹路，拼命寻找蒙混过关的办法，却找不到。正如他所说，除非那天晚上在现场目击，否则不可能知道铃木夫人参加了麻将聚会，也不可能产生误会。

柚子可以耍赖，只要随便编套说辞，咬定自己误以为铃木夫人喜欢打麻将就行了。不然还可以装傻，声称不记得说过有女演歌师参加麻将聚会云云。

可是，这样做有什么意义呢？垂死挣扎只会令他更加确信。对了，那只蚂蚁爬去哪里了？像是要逃离现实般，柚子忽然想到。

"我想问一件事。"

"别说一件，多少件我都会回答。"

"茂次郎先生，你为什么要对我穷追猛打呢？是出于正义感吗？是因为我罪无可赦吗？你是恨我吗？"

"都不是，我只是想救你。"

柚子缓缓抬起头。仿佛正等着这一刻，啪嗒啪嗒，传来雨点敲击树叶的声响。秋日的凄清氛围中，茂次郎背后的暗影更显深浓。

"救我？"

"是的。在无人察觉的情况下完成犯罪，纯粹是个悲剧。我坚信这一点，所以有必要去揭露。"

——救我？

柚子的身体深处隐隐发热。真不想听到一无所知的人口出这等狂言。

房间里的光线越发昏暗了，看不清他的表情，由此柚子终于得以与他正面对峙。

"茂次郎先生忘了一件很重要的事。我为什么要杀害父亲呢？没有动机，没有理由。反倒是父亲死后，今后的日子明显会很辛苦。虽然有一定的积蓄，但失去了家中的经济支柱，接下来只能过俭朴的生活，连用人都不得不辞退了。家父的确很顽固，也有严厉的一面，可哪有女儿会因此杀害父亲呢？茂次郎先生，胡言乱语也要有个限度。"

像是最后的反击，柚子滔滔不绝地一气说完。

在笼罩房间的沉沉暗影中，茂次郎似乎露出了温柔的微笑。

"动机很明显，是为了维持和亲生哥哥达喜的共同生活。"

柚子感觉整个世界摇摇欲坠。回过神时，她的上半身已经倾斜，一只胳膊肘撑在地板上。茂次郎的身影从视野消失，她努力挤出声音：

"你怎会……"

"只要看你和达喜先生在一起时的眼神和动作，听你的声音和语气就知道了。当然，在外人面前你想必有所克制，但内心的感情总会在言行之间自然流露。这样说有点自夸，不过我自认在人情上颇能洞烛机微。你很爱达喜先生，不对，你们是相爱的。不是家人、兄妹之情，而是男女之爱。"

连这都被看穿了吗……

雨声淅沥中，柚子静静垂下眼帘。

和达喜结合，是在她虚岁十六那年的夏末。

一开始只有疼痛，过程中还会感到恐惧，事后却充满无比的喜悦。因为仰慕已久的哥哥接受了自己。

不知道该不该叫作幽会，那之后两人也瞒着喜三郎和女佣阿露继续相爱。每次偷欢，快感不断滋长。然而与此同时，罪恶感或者说悖德感也与日俱增。血脉相连的亲兄妹互相爱慕，渴求彼此的身体，她深知这是不可饶恕、离经叛道的行径，然而无法抗拒。即便沦为淫荡污秽的女人，她也不想放弃对达喜的爱。

"达喜先生说过，原本计划明年春天毕业后去福冈的公司上班。据说是一家矿业公司，这也是喜三郎先生在大学的熟人告诉我的。在那之前，喜三郎先生一直希望达喜跟他一样当上大学教授，今年初秋却突然决定让他去福冈的公司，连那位熟人也感到不可思议。恐怕是喜三郎先生最近才发觉你们的关系吧。"

为了不被发现，两人自认行动已经十分小心谨慎，事实上也隐瞒了很长时间。然而不知从何时起，喜三郎猜疑起两人的关系，屡屡以讶异的眼神打量开始散发女性韵味的柚子。或许这也是一个契机，就如茂次郎所说，无论怎样隐藏，从细微的言行中都可以窥见彼此的心有灵犀。

有一天，喜三郎心生一计，吩咐阿露去办一桩需要离家半天的差事，并表示自己也暂时不会回家，假装出了门，然后闯进两人幽会的现场。这是今年夏末的事。

喜三郎自是怒不可遏。或许是碍于颜面，包括阿露在内，他没告诉外人，但两人被迫保证不再有任何交集。没过多久，他说要重新锻炼达喜的精神，决定在达喜毕业后，将他托付给在福冈经营煤矿事业的远亲。很明显，这是为了拉开两人的距离。

然后——

"我也一样。他单方面告知我，从大阪回来就给我说亲。既然父亲已经决定，我也无法违拗。"

"所以你杀了喜三郎先生，是吧？"

柚子别无选择。只有这样做，两人才能相爱到底，才能获得相依为命的生活。因此，这个家当然没有阿露的容身之处。从决心杀害喜三郎的那一刻起，柚子就决定要辞退她。

柚子撑起上半身，坐到坐垫上。不知不觉雨下大了，庭院里一片朦胧，无数雨点打在树叶、瓦片、板墙、水面和铁皮屋顶上，巨大的轰隆声响彻四周。柚子不禁想，除了雨水笼罩的这方迷蒙天地，外侧的世界是不是已经消失了呢？

"可以再问一个问题吗？"

"你尽管问。"

"茂次郎先生打算怎样处置我的罪行呢？"

也许是眼睛适应了黑暗，柚子可以清楚地看到他的脸。奇异的是，刚才那种仿佛要将人吸进去的虚无消失了，压迫感也不复存在，反而有种泰然自若的安心感。即使在嘈杂的雨中，他的话语听来也很清晰。

"不打算怎样。我既没兴趣也不关心，更不会告诉任何人。我的愿望从一开始就没变过，我想画你，仅此而已。"

茂次郎说了声"实在太暗了"，起身拧开灯泡的旋钮。明亮的白光顿时充斥整个房间。除了觉得刺眼，柚子也感到内心仿佛暴露无遗，害羞地低下头，抱住了自己。

茂次郎俯视着她问："你现在感觉如何？"

柚子觉得他简直是嗜虐狂。但他的声音里并无促狭之意，反而带着温柔包容的安慰成分。

"不，你不回答也无妨，不需要语言。只是，请让我描绘你从罪恶中解脱的美。"

茂次郎再次来到窄廊前，拿起素描簿。

在这个雨声渐缓，令人感受到秋意加深的下午，他继续画着柚子。除了偶尔冒出的自言自语和向柚子道劳的话外，几乎没再说什么。

供他作画的同时，柚子也一直在思考，未来该何去何从。

"茂次郎先生——"柚子轻声唤道。

"什么事？"

"你还记得初次相遇时，我同意当模特儿的条件吗？"

"为你和某个人画一张双人图，是吧？"

"没错，就是画我和哥哥。那个约定现在还算数吗？"

"当然。改天我帮你们好好画一张吧。"

茂次郎温柔地微笑着。

太好了……柚子拨开黏在额头上的碎发。

她望向茂次郎身后幽暗的庭院。微微开始变黄的柚子，即使经历雨打风吹，依旧牢牢挂在枝头。虽然也有尚未成熟的缘故，但柚树的果实本就很少掉落，因此也被称为常柚。

决定杀害喜三郎那天所下的决心，又浮现在柚子心头。

她一直畏惧着父亲活到现在，一直看着父亲的脸色活到现在。如今，她终于得以与所爱之人共同生活，不再需要顾忌任何人。

　　她绝对不会放开这双手。

　　无论要经历怎样的风雨,她都会紧紧抓住。

　　因为她是柚树之子。

蜜柑之籽 ————

嘎吱，被嚼碎的蜜柑籽发出惹人厌的声响。

雪江皱起眉头，将碎籽吐到自己掌心。

蜜柑几乎没有籽，但偶尔也会像这样吃到。这是神的随心所欲，如同她被随心所欲玩弄的人生，被随心所欲驱逐的人生。

她将吐出的籽连同突然涌起的污泥般的情绪一起丢到剥下的皮里，又送了一瓣蜜柑到嘴里。

午后的阳光透过纸拉门，将室内照得明朗通透。若只截取这一瞬间，着实是安宁的光景。

坐在火盆旁边，雪江陡然感到寒气袭来，全身不住地发抖。这房子虽然有些年头了，却绝非简陋的建筑。从缝隙吹来的风，恐怕不是吹入房间，而是吹进心里吧，她以诗人般的心境思量着。抬眼望向室内，一片凄清景象，雪江不由得轻轻叹了口气。

位于牛込复杂住宅区的这栋小巧二层建筑里，将近两年来她生活过的痕迹已消失得一干二净。家具、餐具之类的物品依旧保留，但随着离开的准备日渐深入，渗透在家中的她的气息也出奇轻易地消失了，甚至令她感到一丝落寞，就像雪江这个女人从不曾存在过。

这样就好，雪江想。没有必要特意留下自己生活过的痕迹，为这种事感到寂寞的自己很可笑。或许是活得太久了。

仿佛在完成任务般，她默默地将蜜柑送进嘴里。从果肉中迸出甘甜的汁液。

初次尝到蜜柑，是在七岁那年年末的冬天。蜜柑甜甜的，好吃极了。彼时的感动已经褪色，但雪江至今都很喜欢吃蜜柑。一到寒风凛冽、蜜柑上市的季节,她每天都要吃上三四个,总是留意让家中蜜柑不断。

开始剥今天的第二个蜜柑时,玄关的敲门声震动了冬日的寒冷空气。紧接着,一个男人的声音传入耳中:"有人在家吗?"那天的记忆,那天听到的声音的记忆立刻浮上心头。

等待已久的客人似乎来了。

雪江欣然起身,轻快的门铃声随即响起。她慌忙吞下嘴里的蜜柑,打开玄关的门。门外是暌违一年的面孔,她深深行了一礼。

"好久不见了,大师。劳你特地来一趟,真是感谢不尽。"

"哪里,应该感谢的是我。很高兴收到你的信。"

茂次郎爽朗地笑着,摘下猎帽郑重鞠躬。他肩上挎着一个大皮包,旁边放着约一人高的木制骨架。

"雪江小姐,你的皮肤还是白得像雪,太美了。不,好像比一月份的时候更加迷人。"

"快别取笑我了。"

雪江窘迫地笑着,作势要打茂次郎。

今年一月中旬,两人在冈山相遇。

雪江在咖啡馆当女侍时有一个同事,可以说是唯一投缘的朋友,雪江去冈山就是为了见她。她去年回到老家冈山结婚后,写信邀请雪江来做客。虽然两人的关系并未亲密到渴盼一晤的程度,但想到如果没有这个机会,别说冈山,怕是连西部地区都不会去,雪江就抱着出门旅游的心情前往探访了。

看过朋友后,雪江本打算去著名的庭园后乐园观光后再返回,却偶然听到了关于展览的消息。举办展览的是当代最受欢迎的画家,虽然没到狂热崇拜的地步,但雪江很喜欢他。据说,冈山是他生于兹长于兹的故乡。这次旅行没有同伴，也没有疲于奔命的行程，雪江觉得这也是种缘分，毫不犹豫地去了展览。

画展在冈山市内的咖啡厅举办，观看展出的画作时，雪江感受到了一道视线，来自展览的主角茂次郎。他对雪江的到来表示感谢，询问了她对画作的感想后，从容切入正题，问她是否愿意成为绘画的题材，也就是担任他的模特儿。他说，看到她的第一眼就有了感觉。雪江以无法胜任为由坚辞不肯，或许是意识到强求不来，茂次郎不情不愿地放弃了。但当他得知雪江住在东京时，便写了地址给她，请她在有时间、有意愿时，务必跟自己联系。

回到东京后，雪江害羞地凝视着那张纸条，心情就像初次收到情书不知所措的少女。

在展览现场，她被突如其来的提议吓了一跳，又是兴奋又是害羞，才会坚持拒绝。然而此刻回想，又不无可惜。以美人画闻名的画家请她当模特儿，这是何其光荣的事，她也很是高兴。只是现在才联络，终究觉得难为情，如果这件事传到善妒的老爷耳中，不知道会发生什么事。最终她迟迟下不了决心，就这样春天过去，夏天告终，秋天也结束了，季节已走过一轮。

初冬到来时，她将要搬离这栋房子。作为最后的纪念，她终于决定给茂次郎写信，问他如果现在还有意愿，是否可以担任画作的模特儿。

茂次郎迅速回了信，信中热情洋溢地表示，虽然已经过了将近一年时间，但他仍然清楚地记得她，一定会请她当模特儿。以书信约定后，茂次郎于今日前来雪江的住处。

雪江在玄关接过他的帽子和罩在藏青色夹衣外的和式披风。

"听说你前些日子在吴服町开了店，恭喜，那不是会很忙吗?"

"不会、不会,我只在心血来潮的时候去店里看看。"

"早知道要带这么大件的东西,应该我上门拜访才是。"

"这点东西不算什么。是我非要拜托你的,自然该由我过来。而且看到住处,也有助于我理解主人的心境。"

"哎呀,真是不好意思,因为某些原因,家里现在冷清得很。啊,站着说了这么久,抱歉。"

她引着茂次郎往里走,来到刚才所在的客厅。打开纸拉门就直面狭小的后院,但不值得为此忍受寒风。她在矮桌前摆上坐垫。

"请坐,我这就去泡茶。你喜欢吃蜜柑吗?不嫌弃的话请尝尝。"

"哦,我很爱吃。那就不客气了。"

"哎呀,跟大师的喜好一样,真是开心。"雪江边泡茶边露出笑容,"我也特别爱吃。不过小时候一直不能吃,肯定是这样造成了反效果。"

茂次郎将第一瓣蜜柑送进嘴里。"唔,好甜,好好吃。"他的表情放松下来。

"你刚才说一直不能吃,这是为什么?"

"家父不喜欢。不是口味上的好恶,他是觉得不吉利。"

"不吉利……"茂次郎皱起眉头,"蜜柑吗?我可从没听说过。"

"蜜柑不是没有籽吗?所以不利子嗣,影响家运昌盛——大师,请用茶。"

雪江将茶杯送到茂次郎面前。

"原来如此,不过我还是第一次听说。"

雪江也拿起剥到一半的蜜柑。

"我家据说有历史悠久的武士血统，不过我不知道这种想法是否普遍。其实家父是很开明的人，只是不知为何，唯独顽固地讨厌蜜柑，甚至看到都嫌脏了眼睛。

"有一次，一个有业务往来的人不知道这件事，送了很多蜜柑。这下可了不得了，明明对方是好意馈赠，家父却火冒三丈要去抗议，简直就像去讨伐仇家。虽然是冬天，也不是演忠臣藏①啊。我和用人都惊慌失措，多亏家母拼命劝说，才总算平息了风波。"

为了逗笑，雪江讲述的语气很夸张。这是她已经说过很多次的招牌笑话，茂次郎也笑了。虽然如今看来只是个笑话，但当时因循守旧的父亲令她深感困惑。

"明明这么甜，这么好吃，还很便宜。多可惜啊。"

"由于某些缘故，我七岁时被寄养在亲戚家，那年第一次吃到蜜柑。我一直很向往，所以吃到时真的很感动。"

"蜜柑就能让你感动，你的感动好廉价喔。"

"讨厌啦，大师。"

出于沾染已久的习惯，雪江故作媚态。不过，这真是一段惬意的时光，她不禁想，已经多久没有感受过了？不只是火盆的热度，还有种宛如炭火般的温暖让她全身舒畅。

然而，炽热的炭火终会熄灭，茂次郎完成绘画后也会离去，只留下野地里冰冷空旷的房子和空虚的女人。雪江很清楚这一点。

各吃了一个蜜柑后，两人便着手准备作画。因为地点不拘何

---

① 根据元禄赤穗事件改编的歌舞伎剧目。赤穗事件即日本江户时代中期元禄年间，赤穗藩家臣四十七人为主君报仇的事件。

处都可，便只将矮桌移到房间一角，直接在客厅进行。房间里已经很暖和了，也开了电灯，即使关上纸拉门也不缺光亮。

茂次郎带来的木质骨架，据说是叫作"画架"的工具。他在客厅一角放上画架，雪江坐在画架的对角，也就是壁龛前的坐垫上。按照茂次郎的要求，她没有正襟危坐，摆出很随意的姿势。

茂次郎解释说，虽然最终要在叫作"画布"的东西上画油画，但首先要在素描簿上进行素描。于是好一阵子，只有铅笔的唰唰声和衣物的摩擦声在房间里飘荡。

仿佛要撕裂秋日清洌的空气，外面传来清理烟管的小贩的汽笛声[①]，似乎有规律，又似乎没有规律，夹杂着细微的杂音，更映衬出室内的寂静。房间里弥漫着类似小憩的慵懒气息，为了驱除睡意，雪江不知不觉哼起了歌。茂次郎的声音让她回过神来。

"是《喀秋莎之歌》吧？"

"哎呀，不好意思，一不留意就哼出来了。"

"没事，哼歌没关系，你放轻松就好。"

"这样啊，我还以为一定要保持沉默。"

"你喜欢那首歌吗？"

"倒也不是，不过夏天在街上听了那么多遍，就算不想记也记住了。"

"的确如此。"

茂次郎笑了，手里依旧挥动着铅笔。

"对了——"他换了语气问道，"如果方便的话，可否为我解惑。这个家的确是冷冷清清，简直就像刚搬过来。你在玄关时说过'因为某些原因'，不知是什么？"

[①]这种小贩名为"罗宇屋"，用小型锅炉冒出的蒸气清除烟管内的积油时，会响起类似汽笛的"哔——"声。

"好啊。"雪江应了一声，以不易察觉的动作环顾室内。壁橱上方的柜子里虽然存放着挂轴等旧物，壁龛里却没有包括花瓶在内的任何装饰。除了泡茶的用具外，看不到其他点缀房间的物品或生活用品。从玄关到客厅，一路都是如此。事实上，所有房间里的生活气息都已荡然无存。

"是这样，我很快就要离开这栋房子了。"

"原来如此，是要回老家吗？"

雪江没有回答这个问题，脸上挂着自嘲的苦笑。

"确切地说是被赶出去。我是一个男人的妾室，这栋房子也是他给的，这里算是外宅。不过这种关系已经解除了，所以我被赶出了这栋房子。"

她是用戏谑的口吻说的，但茂次郎只是低吟一声，并未接话。如果不了解来龙去脉，无论安慰还是义愤都很滑稽，搞不好反而失礼。雪江不禁自我反省，这样说话会不会太促狭了。

就在这时，犹如突然浮现的鬼火般，一个想法浮上心头。

为了护住那风一吹就会熄灭的灯火，她轻轻伸手罩在上方，凝视着摇曳的火苗。经过简短的自问自答，雪江在心里微微点头。

她刻意压低了声音，让话语听起来意味深长，继续说道：

"养我的老爷死了。"

"死了……"茂次郎停下手，看向雪江，"请节哀顺变。我是不是让你想起了不愉快的事？"

"没有，完全没关系，我已经释怀了。况且，我也没有真心爱过他。不过我对他是有感情的，他也给过我很多美好的回忆，我很感谢他。"

"所以你才会联系我，在离开这里，离开东京之前？"

"你真是敏锐。"雪江呵呵一笑,"没错,就当是最后的纪念。他是怎么死的,你有没有兴趣?"

"你的老爷吗?"

茂次郎的声音里明显带着困惑。雪江假装浑然不觉,以格外明朗的声音说道:"是啊。而且,死的不只是老爷。那是个异常不幸的家庭,因为全家人都死了。"

茂次郎再次停下手,微微皱起眉头,表现出几分惊讶,又或是嫌恶。雪江保持微笑,声音里透着凉意,令人联想到冬日的厨房。

"大师不喜欢这种话题吗?"

"不……谈不上讨厌还是喜欢,只是没想到会有这样的事,吃了一惊。"

"大师不介意的话,能听我说说吗?我也可以打发时间。原本就想跟人谈这件事,不过,这也不是能轻易说出口的内容。如果是大师——"

雪江顿了顿,像小女孩似的摇了摇头。

"不,请大师一定要听我说。我做你的模特儿,请你也听听我的故事。如果不愿意,我也不会勉强。"

停下手定定看着雪江的茂次郎,突然回过神似的仰望天花板,从鼻子呼出一口气。

"无妨。若你觉得我是可谈之人,听个故事当然不在话下。"

"谢谢你,大师。"雪江唇边浮现虚幻的笑容,犹如飘落掌心的雪花,"该从哪里说起呢?"

她的视线游移,不自觉地停留在朝向庭院的纸拉门上。

"他叫熊三,绵贯熊三。跟这个雄壮的名字相反,硬要说的话,他是个有学者气质的纤弱男人。"

纸拉门在午后阳光的照耀下，呈现淡淡的透明感。雪江的视线越过拉门外的庭院，凝视着前方过去的景象。

"他最初的不幸，是年仅四岁的长子夭折了。"

她的手无意识地触摸腰带，指尖竖在小腹上，仿佛在回忆曾经孕育其中的生命，又仿佛要将那生命揪扯出来。

叮铃，轻快的铃声响起。

绵贯熊三和哥哥贞二共同经营零售商店，亦即位于御徒町郊外、主要经营进口杂货的绵贯兄弟商店。贞二能言善道，待人热情，善于讨人欢心；熊三擅长经营，精于计算，英语也很流利。两人的合作天衣无缝，生意蒸蒸日上。但与此同时，他们也感觉到零售的局限性。即使扩张店铺规模，只要商品供应中断就难以为继，等于生意的命脉总是掌握在他人手中。

此外，通过做生意的切身感受，两人预测今后公共卫生的观念会愈来愈普及，于是以赚来的钱作为启动资金，着手开发品质不输进口货的全新国产肥皂。他们雇用肥皂制造的技术人员，投入丰厚的资金，耗时一年多，终于做出了令人满意的产品，命名为"绵印肥皂"上市销售，其品质、价位和独特的香气大受好评。不久，绵贯兄弟商店成了绵印股份有限公司，从零售业转向制造业。

之后，绵印肥皂的种类不断增加，销量稳步上升，拥有多家工厂。他们还开发和生产化妆品等衍生产品，公司业绩持续增长。绵贯兄弟成为成功的企业家。

熊三还在经营零售商店的时候，就和一个叫须美子的女人结了婚。事业走上正轨数年后，两人生下第一个儿子厚司。

好不容易有了宝贝儿子，两人都十分疼爱厚司，而且是非同寻常的溺爱。从厚司呱呱落地起，绵贯家就围着他转。厚司的房间里摆满了从全世界收集来的玩具，爱赶时髦的熊三甚至为儿子的房间添置了昂贵的电风扇。不但请了乳母和女佣照料，断奶后家里还雇有专为他服务的厨师。

然而，亲子之间的幸福并未持续太久。

厚司虚岁四岁那年的八月下旬，从早上就下着绵绵细雨，仿佛在宣告夏日的终结。下午有那么一会儿，家人、用人全都没留意厚司，出现了一段空白时间。就像是看准了这个空隙，厚司的喉咙被东西卡住了，痛苦地呻吟着，脸孔涨得发紫。

主要照顾厚司的女佣最先发觉异状，想让他吐出来，但没能成功。她把厚司交给听到动静赶来的其他用人，冲出家门去找医生。须美子得知情况，惊慌失措，一名用人建议与其等医生上门，不如带他去就医更快。于是须美子立刻坐上由家里车夫拉的人力车，带着厚司去医院。遗憾的是，还是晚了一步。抵达医院时，厚司已浑身发软，再也没有醒来。后来才知道，他误食了用橡胶制成的球形玩具，窒息而死。

因为没有及时察觉并做出适当处置，照顾厚司的女佣被逐出府邸，同时为厚司举办了盛大的葬礼。然而，这并不能治愈熊三和须美子的伤心，尤其须美子憔悴不堪，从那天起就不思饮食，日渐衰弱。在熊三的开导下，过了一个星期，她终于可以吃点东西了，人却变得犹如幽灵一般。

雪江保持姿势不变，直勾勾地盯着榻榻米的纹路，仿佛那里写着稿子似的娓娓道来。途中茂次郎也停下笔，凝神静听。

说到厚司死后母亲须美子日渐衰弱时，雪江轻咳一声。

"不好意思，我可以喝口茶吗？"

从声音听得出，她的喉咙有些干涩。

"请便。看来你一口气说太多话了。"

"确实。"

雪江虚弱地笑着站起身，脚步略显踉跄。铃铛的声音在室内响起。

"你没事吧？"

"没事，只是坐久了。真是难为情。"

"对了，那个铃铛的音色很好听。"

"哎呀，好高兴——"

雪江一脸愉悦地将手放到腹部，轻轻摇动系在腰带绑绳上的小巧土铃。纯白兔子造型的可爱铃铛再次发出清脆的铃声。

"音色不错吧？我也很中意。这是之前在人形町发现的。"

雪江将杯中余茶饮尽，开始泡新的茶。

"我也喜欢在人形町闲逛，有时候会碰上意想不到的东西，离我在吴服町的店也近。人形町离这里很远，你常去吗？"

"没有。我好久没去，都忘记上次去是什么时候了。我在那附近办事，回程不知怎的想去逛逛，就在一家民间工艺品店里发现了它，喜欢得很，不知不觉就买下来了。"雪江皱起鼻翼，露出笑容。"不过这种事难得发生——啊，我给大师也泡了新茶。"

"谢谢。"

回到壁龛前，雪江摆出与刚才相同的姿势，坐到坐垫上。

"刚才说到哪里了？"

"说到太太须美子很忧伤。对了，可以问个问题吗？"

"什么？"雪江楚楚可怜地歪着头。

"你说得很详细，尤其儿子厚司窒息时的情形，简直就像亲眼所见。这是为什么？"

茂次郎措辞委婉，但雪江作为小妾，不可能在场目睹宅邸里的骚动，他产生疑惑也很自然。雪江撩开压在坐垫下的衣摆。

"当然是听熊三说的。他虽然也不在场，但反复向夫人和用人了解当时的情况，连细枝末节都一一问到。他描述的口吻就如同亲眼所见。"

"这样啊。"茂次郎的语气听起来不甚信服。他像是醒过神来，又动起了笔。

"那之后你就成了他的妾室？我的意思是，熊三先生的儿子夭折之后。"

"不，在那之前就是了。我住在这里也快两年了。"说完，雪江凝视着陡然浮现在眼前的空虚，"熊三的确很爱夫人，毕竟是他的糟糠之妻。不过，像他那样的成功人士，养一两个妾室也是理所当然。"

这次茂次郎缓缓点头，看似认同了她的说法。他继续动笔作画。

雪江的视线再次胶着在渗着冬日寒气的榻榻米上。火盆的温暖和渗入的寒气争竞不下的房间里，她的意识静静地回到了过去。就像在海浪的冲刷下，脚慢慢陷入沙子里，她静静地被回忆吞没。

宛如武士临阵时兴奋的战栗，她的身体微微颤动，响起微弱的衣物摩擦声和土铃的铃声，然而茂次郎和雪江都未曾察觉。

厚司夭折后，即使夏日的余韵已过，须美子依旧伤痛不已。虽然还能摄取最低限度的饮食，但身形消瘦，脸颊深陷，早已不复昔日温柔丰腴的面容。

她有时会出言咒骂，有时会看到厚司的幻影，陷入疯狂。她还会突然大发雷霆,以莫名其妙的理由拿身边的人撒气。即便是服务多年的用人也感到不舒服,或是觉得厌烦,一个接一个辞职。

熊三没办法,只能开出高于行情的薪水雇用新人。他无暇沉浸在丧子的悲伤中,不得不先料理妻子的棘手状况。尽管不曾轰轰烈烈地恋爱过,须美子也是他事业成功前就一见倾心,甘愿携手共度人生的妻子。他无论如何都想让她恢复正常,带她遍访医生,但因为是心病,谁都束手无策。熊三逐渐从担心转为疲惫,最后变成烦躁。他觉得须美子的存在是种负担,将一切都推给用人,极力撇开干系。到早晚寒意渐深时,他已终日流连在小妾家中。

厚司死后过了三个月,时间来到十一月下旬。

奇妙的是,那天与厚司死亡之日一样,也是雨天。须美子在车站等火车。

无论过去多久,须美子都心伤难愈。熊三考虑将她送去乡下。虽然确实有想远离她的因素,但主要还是东京的宅邸里,有关厚司的回忆无处不在。为了疗愈她的心灵,熊三认为先要离开这个家才是上策。而且,就心病而言,相比住在喧嚣的东京,住在闲适的乡下或许更容易康复。

当时,须美子的弟弟住在茨城。那里虽非她出生的故乡,却也是有乡土气息的山间小镇。熊三联系了内弟,问能不能让须美子去那里暂住。内弟也很心疼姐姐,希望她的症状能由此有所改善,当即应承下来。不消说,熊三以须美子生活费的名义给了内弟一笔丰厚的款项。须美子自己也同意暂时在弟弟家生活。

正如"秋日霖雨"的说法,阴沉的天色持续了好几天。出发当天也一早就下着细雨,将街道染成灰色。据用人们说,那天须美子的情绪比较稳定。她和要带去当地的新女佣一起，先搭人力车前往最近的火车站。

离火车到站还有一段时间，女佣去买要在车上吃的车站便当。天空厚重的云层低垂，不过雨刚好停了。

有人在须美子的耳边低语。

——厚司在等你哟。

——你看，他就在你眼前，朝你挥手。

——"妈妈、妈妈"地叫着。

——寂寞地等着你。

——他边哭边喊：妈妈、妈妈，救救我。

彼时，须美子应该确实看到了亲生儿子的身影，她清晰地呢喃着："厚司……"

须美子摇摇晃晃地走向车站的站台。不似晚秋的暖风静静地吹来。砰，有人在她背上推了一把。

在蒸汽的驱动下逼近的铁块，那压倒性的存在丝毫没有映入她的眼帘。撕裂厚重的云层，宛如垂死挣扎般的金属摩擦声、汽笛咆哮声，也全然不曾传入她的耳中。

在暖风吹拂而去前，铁轨上遍布象征母亲的鲜红，仿佛要将活过的证明铭刻在现世。

"据说，没有人确切看到须美子跳下铁轨的情况，因此无从判断她是主动跳轨自杀，还是深陷幻觉，神志不清之际掉落铁轨。无论如何，她显然精神状态不稳定，最后被当成自杀处理。且不论她当时究竟有几分理智，但她确实是因不堪忍受丧子之痛而死。"

滔滔不绝地说完，雪江悄然望向自己的右手。

推到须美子背上时的触感，至今仍鲜明如昨日。她并未想将须美子推下站台，也没有那么大的力气。她只是轻轻触碰，稍稍推了一把。没错，她确实推了须美子，但须美子的死，说到底还是出于她自己的意愿。

雪江的视线从右手转向画架后方茂次郎的侧脸。

他偶尔会点头附和，但这次没有停手，一直挥动画笔。雪江突然有些不安，不知道他有没有认真聆听，但又觉得这不是自己该在意的事，于是露出略带悲伤的笑容。

"我母亲也是——"

像是受那笑容的牵引，她开始道出回忆。或许是注意到她的语气变了，茂次郎投来讶异的视线。

"她也是自杀，在生下我后不久。所以我对母亲毫无记忆，有时会感到格外寂寞。顺便问一下，大师的母亲还健在吗？"

"嗯，虽然相隔很远，难得见面，但她过得很好。"

"真是令人羡慕。没有关于母亲的记忆，我觉得自己的内心好像开了一个大洞，是那种绝对无法填补、无法触及的黑洞。感觉自己与过去没有联结，是个不确定的存在。"

在胎里就深植的空虚，会积蓄扭曲的想法，不受外界干扰，静静地培育黑暗的心灵。

茂次郎张开嘴，似乎想问什么，又改变了主意，只从鼻子轻出一口气，再次回到自己的绘画世界。

"好了……"保持着他要求的姿势，雪江喃喃说道。

"说了这么久，终于要结束了。接下来只剩熊三，不过他没有什么特别的故事。他是在自己家中踩空楼梯，颈骨折断，很平淡地死了。那是在须美子的葬礼结束后不久，失去了最爱的儿子，长年相伴的妻子又以那种方式辞世，想来他是身心俱疲了吧。无论获得多大的成功，拥有多少财富，都无法避免突如其来的不幸。如果运气不好，踩空楼梯都能死掉。这么一想，人生真是空虚得很。"

充满哀切的话语在房间里回荡，室内笼罩着山水画般的墨色沉默。似乎是难耐寂静，响起木炭爆裂的哔剥声。

"故事到此为止。就这样，我失去了老爷，被赶出这栋房子。"

雪江的脸上忽然浮现温柔的笑容，恰似野地里绽放的无名花朵。

"能在最后说说这个故事，真是太好了。大师，谢谢你。"

"哪里，我只是听你说话，无须道谢。"茂次郎轻轻晃了晃手里的铅笔，语气虽然生硬，却令人感到温暖。"对了，你接下来有什么打算？规划好未来的生活了吗？"

雪江姿态优雅地摇了摇头。

"没有。还是先悠闲地泡个温泉吧。那须的温泉乡有家景色宜人的旅馆，包括分手费在内，眼下我还有些积蓄，我打算暂时放松一下，洗去身心的污垢。"

"唔，这样也好。温泉啊，我好久没去了，真让人羡慕啊。"

"一起去如何？"

"很高兴你邀请我，不过那可不行。"

即将失去主人的冷清二层小楼里，回荡起轻柔的笑声。

可能是确定了满意的构图和画法，很快素描结束，茂次郎将画布放到画架上，准备好颜料、放颜料的板子等画具，正式开始作画。

西沉的夕阳逐渐染红了纸拉门。

之后两人偶有交谈，但总体是在安静中进行作画。中间穿插了数次小憩，当街道完全沉入夜晚的寂静中时，画作终于完成。茂次郎宣布结束后，雪江长舒了口气。

"没想到当模特儿这么累。"

"辛苦了。习惯的话就还好，不过刚开始可能会太用力。"

"是啊，全身关节都僵硬得要命。啊，我不是在向大师抱怨，毕竟是我硬要拜托大师的。"

"我知道。"茂次郎笑了。

夕阳西下时，他曾提议今天就到此为止，改日再继续。但雪江表示，由于最近就要搬离，恐怕之后抽不出时间，希望尽量在今天完成。

雪江将腿伸直，揉着肿胀的小腿。虽然这样子很粗俗，但总觉得在他面前不必拘礼。经过长时间的作画，让她产生了类似夫妻之间的放松感。

茂次郎拿起画布，展示给雪江。

素色的背景上，鲜明地画着坐姿随意的女子身影。

雪江屏住了呼吸。毫无疑问，这正是茂次郎的画作，是经由他的手画出的自己。不知道其他人看了感想如何，坦白说她觉得并不像。然而，这幅画的确画的是雪江。她不知道这幅画今后的命运，或许会被人买下来，装饰在西洋风格的客厅里，或许会在不远的将来毁于一场火灾，或许会被遗忘、被抛弃，化为尘埃。

然而此时此刻，通过这位稀世的当红画家的画笔，二十六岁的自己确实在画布上烙印了永恒的生命。想到这里，远超想象的满足感在雪江心头蔓延开来。

"太感谢大师了。"

她脱口而出。

"不，应该感谢的是我。托你的福，我才能画出这么好的画。"

茂次郎露出令人忘却冬日严寒的笑容。雪江有种就要止不住流泪的预感，于是假装受他的感染，笑得格外明媚。

就在这时，茂次郎忽然讶异地眯起眼，一瞬间流露出既困惑又高兴的复杂表情。

有兴趣的话，下次务必再当我的模特儿。就算对当模特儿绝无意愿，也欢迎随时联系我。如果你继续住在东京，希望到我店里走走。若是有困难的话，尽管跟我商量。这也是某种缘分，虽然我做不了什么大事，但会在能力范围内尽力相助。

茂次郎为长时间妨碍她行动自由表示歉意，迅速收拾行装准备离去，同时向她说了许多关切的话。每一句都是让人愉悦的温暖话语，是她自觉不配得到的恩情。可是，想到再也无法联系他，再也见不到他，反而更觉寂寞，雪江不禁怨恨起浸染自己的阴影。

将他送到玄关后，雪江回到即将度过最后一夜的家里。电灯冰冷的白光照耀着，像是在展示房间的空荡。事到如今，她已不再感到空虚，却隐隐有点饿。这太可笑了，雪江将蜜柑送进嘴里充饥，低吟着谁也听不到的歌，摇出轻快的铃声。

* * *

只铺了一块石板的狭窄玄关旁，一如昨日点缀着南天竹的鲜红果实，然而与昨天不同，玄关的门紧锁。

无论是敲门、呼喊还是叫雪江的名字，都寂无回应。茂次郎重重叹了口气，退后一步。有鸭鸟飞来啄食南天竹的果实，很快又飞走了。他无事可做，抬头望向二楼的窗户。虽然不排除只是因购物之类短暂外出的可能性，但这栋房屋仿佛垂头丧气的阴暗模样，却在平静地诉说着主人已经离去的事实。

感受到背后的视线，茂次郎转过身。只见斜对面那户住家的玄关前，站着一名身穿发黑棉衣的老妇人。她脸上的皱纹很深，甚至难以辨别是在皱眉还是微笑，个子只到茂次郎的腰部。她扯开脸上的皱纹说："那家的人今天早上外出了。"

声音有些嘶哑，但吐字清晰，语气里也感受不到厌恶或是对陌生男子的敌意。茂次郎猜测她和雪江多少有过交流，而且是善意的交流，当下决定先打消对方的戒心。

"我是最近认识雪江小姐的，昨天也见过她。听说她最近要搬出这栋房子，她是出门购物，还是已经搬走了？"

"已经搬走了。"老妇人不假思索地回答，"出发前还来我家道了别。在这之前，她也说受了我多方照顾，把已经用不到的衣服和布料送给我，真是个好姑娘。"

"您和雪江小姐关系不错啊。今天早上是几点见到她的？她有没有说要去哪里？"

"大约八点过后吧。我没问她要去哪里，雪江也说过还没决定。"

茂次郎悄悄看了一眼怀表，已经十点多了，很遗憾没赶上。不管怎么说，好不容易找到熟悉雪江的人，必须先问出重要的信息。

"老婆婆，您知道她在给人做妾吗？"

"嗯，大概从两年前开始的。"

"请教一下，她的老爷不是绵贯熊三吧？"

老妇人陡然身形一僵，埋在皱纹里的细小眼睛深处，漆黑而不显年纪的光润眼眸紧盯着茂次郎,似乎要将他看穿,但茂次郎看不出她的情绪。丝毫没有停顿的感觉,老妇人用与先前别无二致的平淡语气说道:"没错,我从没听说过叫绵贯熊三的男人,她的老爷是经营船舶公司的忠一郎。"

果不其然。雪江昨天讲述的并非她老爷的故事。茂次郎也考虑过她甚至不是妾的可能性,但看来这一点是事实。慎重起见,他向老妇人确认:

"忠一郎先生现在还健在吧?"

仿佛时间停止的奇妙停顿后,老妇人反问:"什么意思?"

"雪江小姐不是因为老爷过世才搬离这栋房子的吧?"

"嗯,没错。那男人就算挨了枪子、被车撞了也不会死的。不过要是被火车轧了,那就肯定活不成了。"

老妇人发出古怪的笑声,宛如被踩瘪的青蛙。

必须尽早追上雪江。如果她的话可信,此刻她应该正前往那须的温泉乡。当然,她有没有说真话无从知晓,但除此以外别无头绪。

茂次郎向老妇人道了谢,转身准备去上野车站时,蓦地想起一件事,又回头问道:"雪江小姐是不是有孕在身?"

"那就不清楚了,不过雪江两个月前刚生过。"

"啊,原来是这样。"

"是个健康可爱的女孩。不对,应该是'听说',因为我没亲眼见过。"

虽然只是凭空推测,但他觉得雪江应该是怀孕了,不然就是刚生过孩子。他认为前者的可能性更高,但看来答案是后者。

雪江说话的时候,不时会慈爱地抚摸小腹,提起土铃时也是如此。

她说那个土铃是之前在人形町闲逛时买的,她在附近办事,回程顺道去了一趟。从她前述的动作,可以猜出在附近办的事,就是去位于日本桥的水天宫参拜,不是祈求顺产,就是去还愿。

不过,老妇人最后那句话让他很在意。她明显和雪江很熟,却从未见过婴儿,这很不自然。昨天他也丝毫没感觉到婴儿存在过的痕迹,才会推测雪江是有孕在身。但如果是出生后旋即夭折,老妇人不会特地用"健康"来形容,雪江也不会有心情还愿。

"雪江小姐生的孩子,该不会是被带走了?"

"哟。"老妇人埋在皱纹下的眼睛眯得更细了,"你的直觉相当敏锐,不过算猜对一半。那孩子的确被她老爷家收养了,我不知道详细经过,不过忠一郎的太太据说不能生育。只是说来可怜,雪江的孩子生下来没多久就死了。"

茂次郎皱起眉头。

那老妇人为什么会说"健康"?雪江又为什么会去还愿?不过,也可能只是听说"生下来时很健康",就顺口这样告诉他。无论结果如何,向水天宫报告也不算不自然。在人形町附近办的事,也未必就是去水天宫。

无论如何,他心中的担忧又深了一层。

再次道过谢,转身离开时,他的耳边陡然掠过一阵铃声。

这是昨天在雪江家中听到的轻快铃声——

仿佛受到引导般,茂次郎再次回头,只见老妇人已转过身,正要回到自己家中。虽然很介意,却找不到叫住她的理由,茂次郎又回身向前。铃声总是相似的,他不能再磨蹭了。

为了尽量缩短时间,他在街上拦了辆人力车,直奔上野车站,搭乘东北本线。虽然还没到人山人海的地步,他冲进去的三等车厢内也相当拥挤。好不容易找到靠窗的座位时，发车的铃声响了。

汽笛鸣响，车厢里晃动得厉害，仿佛巨大的怪物苏醒了。每当这个厚重的铁块开动的瞬间，都会让人感受到不容置疑的强大力量。那是推动人类勇往直前、冲破黑暗的文明的力量。日新月异的文明的力量，为日本人带来了什么，又会将日本这个国家带向何方？他相信未来定是一片光明，但又觉得天真地盲目信任也很愚蠢。

婴儿的哭声突然响起，打断了茂次郎的思考。

对面坐着一名衣衫褴褛的年轻女人，哭声来自她怀中的婴儿。女人既不焦急，也不安抚，只一脸疲惫地让婴儿含住暴露的乳头。将视线从散发着疲倦气息的女人身上移开，茂次郎望向窗外。煤烟的前方还是连绵的房屋，瓦片反射着阳光，呈现出被水濡湿般的光泽。

车厢里回荡的火车的噪声、乘客的说话声、婴儿的吃奶声，仿佛都随着流逝的风景留在了身后，慢慢消融。

茂次郎再次在脑海中梳理之前构筑的推理。

用完早餐，重新打量那幅画作时，他察觉到昨天雪江的话有违和感。茂次郎零散地回想着她说过的话，发现其中有明显的矛盾。

雪江说父亲莫名地厌恶蜜柑，所以小时候吃不到，后来反而格外喜欢。这段回忆中出现了母亲，她说母亲拼命劝说因收到了大量蜜柑而愤怒的父亲，还描述了自己当时的情况，无疑是她的真实经历。

然而，雪江也说，母亲生下自己后不久就自杀了，她对母亲毫无印象。

这两件事明显存在矛盾，但很难想象她在故意说谎，她也没有理由说谎。

当然，茂次郎有几个推测。蜜柑故事里出现的母亲，或许不是亲生母亲，而是父亲的后妻——也就是雪江的继母。

这个矛盾暂且不提，昨天雪江讲的故事——绵贯家的人接二连三死去，也有种种不对劲之处。

首先，无论哪起事件，身为小妾的雪江都不可能目睹。尽管如此，她的语气却带着宛如亲见的真实感，甚至可以感受到须美子跳轨自杀时车站站台的氛围。

昨天他提出这个疑问时，雪江说是因为熊三讲述得很详细，但熊三也没有亲眼看到那两起事件，转述的转述，真的可以说得那么细致吗？

而且，这个故事里也有很多与时代格格不入的地方。

既然是在老爷熊三死后被赶出住处，他必然是死于今年，厚司和须美子的死也是在今年夏天到秋天之间。

然后，她说熊三爱赶时髦，厚司的房间里甚至有昂贵的电风扇。

电风扇的确很贵。不过，如果是刚引进日本的明治中期也就罢了，近来已经相当普及。对于事业成功的人来说，并不是什么可观的金额，不值得特意提及。

主人是爱赶时髦的富豪，故事里却没出现汽车或电话。女佣叫医生要冲出家门，家人也都是坐人力车出行。须美子去乡下的时候，是冒雨坐人力车去车站。顺带一提，故事里也没有出现市内电车。

甚至熊三的事业也存在时代上的疑问。他研制出高品质国产肥皂的成功故事，多少有些过时感。

每一件事都算不上绝对的疑点。现在大概也有没有汽车和电话的富豪，又或许只是恰巧未被提及。熊三的成功故事也没到确定可疑的程度。正因如此，昨天茂次郎尽管听得疑窦丛生，但也没有开口追问。

然而，假设雪江所说的是约二十年前，亦即明治中期的故事，一切都若合符节了。

于是，茂次郎产生了一个联想。

雪江的父亲据说讨厌蜜柑，理由是没有籽的蜜柑代表不利子嗣，影响家运昌盛，很不吉利。或许这是因为，养育雪江的这个家庭本身没有孩子。

熊三在经营零售业时与须美子结为夫妇，第一个孩子厚司出生是在事业步上正轨数年后，由此推测，两人至少近十年时间没有子嗣。

综合这两个事实，判断绵贯熊三不是包养雪江的老爷，而是她的父亲，会不会太过牵强？但事实上，雪江的老爷显然不是熊三。

那么，雪江是谁？

雪江说厚司是熊三和须美子的第一个孩子。正因为是近似奇迹的幸运，好不容易才得来的独生子，两人才会如此溺爱厚司。失去厚司，须美子的精神就崩溃了。

那么，雪江是第二个孩子，也就是厚司的妹妹吗？

但这很难想象。如果生了第二个孩子，须美子应该不会病到那种程度。她还有可能再怀孕。此外，厚司死时虚岁四岁，如果雪江比他年纪还小，不可能清楚地记得意外发生时的情景。

雪江大概是抱养的孩子，也可能是小妾生的孩子。从这个角度来看，所有的可疑之处都消释了。

雪江的亲生母亲在生下孩子后自杀了。不知道亲生母亲是不是熊三的妾，也不知道是在她自杀前还是自杀后，总之雪江被没有孩子的绵贯家收养。所以雪江有两个母亲，毫无印象的生母和须美子这个养母。

然而之后，绵贯家生下了厚司。

雪江说，七岁时被寄养在亲戚家，在那里第一次吃到蜜柑。

是因为真正的继承人出生了，雪江成了没人要的孩子吗？

不，不是。是因为绵贯熊三、须美子和厚司全都死了。

没错，雪江亲眼看到了他们的死亡。

她年约二十五六岁，如果这个推测正确，昨天说的绵贯家的故事，果然就是二十年前的往事。一切都有了圆满的解释。

到这里为止的推理应该不会错，茂次郎很有把握。除此之外，想不出能合理解释她的故事的推测。再重复一遍，她的老爷显然不是熊三。

那么，雪江为什么要讲述过去的故事呢？甚至将熊三从父亲调换成老爷？她撒的谎应该只有这一处。

以下纯属毫无根据的臆测，但茂次郎觉得，一切都是她的自白。

绵贯熊三、须美子和厚司，很可能都是雪江杀的。

为什么雪江如此吸引自己呢？茂次郎一直感到不可思议。雪江的外表的确很有魅力，虽然没有女演员那般华丽，但有种让人想要保护的可爱。然而这样的女性要多少都有，况且茂次郎在跟她搭话前，已经被她蛊惑人心的魔力所俘获，并非单纯贪恋容貌。

雪江和寻常女性有些不一样，无法用语言来形容。非要说的话，她身上有茂次郎第一次感受到的奇妙色彩。

那或许正是她散发出的悖德气息。

被自己犯下的罪行所折磨，每天都怀着东窗事发的恐惧，将一步走错就会人生尽毁的心情深藏起来，用精神的力量加以掩盖，坚毅地活下去。犯了杀人罪、离经叛道的人，因此酝酿出凛冽的、难以名状的妖艳香气。正是这种非同寻常的气息吸引了他。

茂次郎不认为这是异想天开。

正因为他见过无数女子，以肌肤感受她们，画过她们，才能看穿这种气息——

汽笛声将茂次郎从沉思中拉回现实。

窗外，都市的气象已经消失，只有被寒冬舍弃的荒地延伸开去。时间应该是正午前后，但天色相当暗。抬眼望去，天空是一片阴郁的暗色。

灰蒙蒙的荒地，像被世界遗弃似的延伸，仿佛在暗示雪江的未来，不，更像是看到她来时的风景。茂次郎心中的不安更强烈了。

"雪……"

茂次郎突然喃喃说道。尽管因为火车喷出的烟雾、被煤灰染污的车窗以及正在行驶中而难以察觉，但在含有气泡的玻璃窗外，的确有雪花在飞舞。

虽然寒意并未骤然加深，但茂次郎还是下意识地拢了拢外套的衣领。

那须还很遥远。

* * *

窗外，洁白的雪花欢快地乱舞。

逐渐累积的雪，宛如绘画般在田野上画出白色线条。

重重撞在玻璃上的声音响起，雪江不由得一个激灵。对面正在打盹的老人似乎撞到头了，他不快地瞪了眼玻璃窗，再次沉入梦乡。

为了不被老人察觉，雪江低声笑着，取出为旅途准备的第三个蜜柑，仔细地剥起皮。自己迄今为止到底吃了多少蜜柑呢？一个天马行空的疑问突然浮上心头。

七岁那年冬天，第一次吃到的蜜柑真是美味之极。不过她也在怀疑，当真有那么好吃吗？就像吃完饭碟子上只剩鱼骨一样，除了"好吃"这一事实之外，细节都风化无存。也许只是第一次尝到蜜柑的感动，在记忆中替换成了美味。

她对蜜柑的执着已经超越个人喜好，成为一种象征。

那是她凭借自己的力量获得的勋章。

她觉得原因仅此而已。

就像蜜柑偶尔也会有籽，不，比蜜柑有籽更令人意想不到的是，她的异母弟弟厚司出生了。作为庶出的孩子，这个家里已没有她的立足之地。

将橡胶做的球状玩具递给厚司，笑着对他说"这个很好玩"的时候，心中是否怀有杀意，她自己也不清楚。但的确有恶意。如果被噎到，一定很难受吧。她有种散发着臭气的污泥般的黑暗情绪。不过，虽然或许只是辩解，但她根本没料到竟会害死弟弟。话虽如此，她也丝毫没为弟弟的死心痛。事情闹得比想象中更大，后来厚司死了，故意哄他吞玩具的事没有败露，让她松了口气。

当时的情景应该没人看到，之后她假装听到喧闹，从自己的房间跑出来。谁也没有起疑，在那场混乱中，也没有人留意雪江。

只有母亲须美子对雪江抱有怀疑。

她多半并无证据。须美子原本就看不惯雪江，毕竟她是庶出的、没有血缘关系的女儿，这也是人之常情。只是怀不上孩子的她脸上无光，不会公然在熊三面前苛待雪江，但总是用冷冷的眼神看着她，也尽量不加理会。

意外怀孕生下厚司后，须美子露出了真实的面目。如同祛除了附身邪物般，她整个人都开朗起来，对雪江的厌恶也显露无遗。熊三不在的日子，雪江只能在自己的房间和用人一样吃粗茶淡饭，还遭到了肉体上的虐待。不过，雪江并未因此怀恨。她明白自己的处境，既然正统的继承人已经诞生，她受到冷遇也是无可奈何。所谓粗茶淡饭，其实是市井百姓的日常饭菜，不至于忍饥挨饿。虐待也只是发泄心中郁愤的打骂，没到危及生命的程度。

但自从厚司死后，须美子患了心病，情况就不同了。她时常用充满怨恨的眼神瞪着雪江。那眼神确实是病态的，但正因为感受得到深切的怨恨，雪江才会觉得她清醒到可悲的程度。须美子无疑有精神问题，那不是在演戏。但无论蕴藏在内心的是清醒还是疯狂，雪江都确信，她总有一天会想杀了自己。

所以须美子确定移居乡下时，雪江松了口气。她当然是预定留在家里。熊三觉察出须美子和雪江关系紧张，这也是很容易理解的事。他不可能非要毫无血缘关系的两个人一起去乡下住，最重要的是，当时熊三想要摆脱的只有须美子。

须美子动身那天，雪江和女佣一起前往车站。雪江不记得出于什么原因会和须美子同去，似乎也没人告诉她。是想趁这个机会让她跟须美子的弟弟打个招呼，还是牵扯到大人之间无聊的内情，她不太清楚。无论如何，那天她原定在茨城的舅舅家住上一晚，翌日和女佣一同返回。

车站的站台上不算冷清。虽然不是很拥挤，但到处都是人。然而在这种场合，有同伴的人往往聊得热火朝天，独行的人则沉浸在自己的世界里，谁都不会留意他人。

女佣拜托她照看太太，自己去买车站便当。没过多久，就见须美子盯着铁轨的另一侧呢喃："厚司……"又开始出现幻觉了吗？雪江有些厌烦，同时萌生恶作剧的念头。她在须美子耳边低语厚司的事，于是须美子摇摇晃晃地走向铁轨。最后雪江在她背上轻轻推了一把，像是催促她继续往前走，旋即逃离现场去找女佣，声称想自己挑选便当。

紧接着，汽笛声、铁轨的摩擦声、惊呼与惨叫声响起。

那位女佣是个十六岁的小姑娘，刚从乡下来东京。雪江对她颇感歉意，因为家人都责怪她抛下太太去买车站便当。

从未有人怀疑雪江。须美子精神有问题是众所周知的事，即使自杀也丝毫不足为奇。她不知道警方是否进行过调查，也不知道是否有目击者，不过没有人找她问过话，因此应该是都没有。她也不甚在意，因为须美子出现幻觉，自行跌落铁轨，这是无可置疑的事实。

事后回想起来，去找买车站便当的女佣时，如果声称是因为母亲举止反常才来叫她，或许就无懈可击了。这样一来即便有目击者，她也不会遭到怀疑。不过七岁的小女孩不可能那么机灵，雪江后来又觉得，当时无所作为可能反而更好。

就这样，只剩下熊三和雪江两人。

熊三是雪江的亲生父亲，对她也是有亲情的。他或许是世界上唯一理解雪江的人，雪江并不想除掉他。但既然杀了厚司和须美子，他如果不死，感觉就不公平了。

她对熊三产生恶意，是源于听闻了生母的遭遇。

那是用人之间的闲聊，说孩子被抢走的母亲，没多久就自杀了。她知道自己是庶出，却不曾想到生母已经亡故。原本还抱着一丝希望，总有一天会见到她，这个心愿就此破灭，她明白内心的空虚永远也无法填补了。

夺走婴儿，把母亲逼到自杀，之后正妻生下孩子，又冷落庶女。雪江觉得，自己也就罢了，母亲不是太死不瞑目了吗？在这一点上，熊三的罪孽最为深重。

她对厚司和须美子都没有明确的杀意，也没有构思周密的计划，只是冥冥中仿佛被牵引着般，走到杀人的地步。不知为何，她并未受到怀疑。既然如此，只有连熊三也杀了。说来有些奇怪，到这时她才第一次抱有明确的杀意。

话虽如此，七岁小孩能做的事也很有限。

葬礼结束当晚，熊三看上去身心俱疲。在家里上楼的途中，雪江唤了声"父亲"，于是他抬起头。眼前这张脸憔悴不堪，比半年前不啻老了十岁。在那一瞬间之前，雪江从没想过要把他推下去，但一看到他的脸，自己该做的事就再明白不过了。她毫不犹豫地用力一推熊三的肩膀，熊三失去平衡，手像在空中游泳般胡乱挥动。雪江躲开了他试图抓住自己的指尖，他的表情只能用困惑来形容，一声不响地跌落到楼梯下方。

就算从接近楼梯最上层倒栽下去，也不见得必死无疑。即使叠加熊三身心虚弱的因素，死不了的可能性也更高。然而熊三摔断了颈骨，轻易地送了命。

雪江丝毫没想过这是命运、报应，或是生母的怨恨使然。她也不觉得熊三犯下的是非杀不可的罪孽，她必得替天行道。世上不存在因果报应。只是以结果而言，自己的父亲熊三不幸殒命，仅此而已。

于是，只剩下雪江一个人。

此后她由熊三的哥哥贞二抚养长大。自始至终，贞二对雪江都是避而远之。虽然供应适当的生活必需资源，但家人之间几乎毫无互动。他应该并非怀疑雪江与弟弟一家的死有关，然而不幸的意外接连不断，只有庶女幸存也是事实，难免会觉得她身上有不祥的阴影。当时的雪江有种古怪的老成气质，完全不像个七岁的孩子，伯父心生畏惮也无可厚非。

雪江十五岁离开家门，辗转各地后在咖啡馆当女侍，生活终于安定下来。之后被光顾的客人看中，过起了做小妾的日子。经营船舶公司的忠一郎，是她的第二任老爷。

手在剥下的果皮上抓了个空，雪江这才发觉蜜柑吃完了。

一边吃一边沉浸在思考中，几乎食不知味。她咬住嘴唇，觉得着实浪费，想伸手去拿第四个蜜柑，还是决定先忍一忍。蜜柑已经所剩无几，她打算等到了旅馆再吃。

再次望向窗外，将世界染白的雪已不见踪影，细雨濡湿了铭刻在大地上的无情。

被火车的噪声淹没，听不到雨声，令她略感落寞。

抵达那须的温泉乡时，冷清的车站笼罩在雨夹雪中。

冷雨敲打在车站的建筑上，刺耳的声响融入黑暗中。车站屋檐下的灯，在地面投下朱红色的光，雨水又摇曳着那光影。

右半身沐浴在朱红色的灯光下，茂次郎将视线投向从车站延伸出去的道路。假设雪江真的在这座小镇，又该如何找到她住的旅馆呢？

茂次郎最担心的，是雪江会走上绝路。

发现她所说的谎言——那个故事的真相时，他立刻想到，她很可能打算自杀，才会在最后像对人生进行清算一样，说出自己犯下的罪行。

一月份相遇后一直不曾联络的雪江，突然写信来同意当模特儿，这件事也加深了他的担忧。她或许是想在人生的终点，将自己的容颜铭刻在画中。

而且根据今天早上老妇人的说法，她的孩子出生不久就夭折，就算孩子平安无事，也难逃被夺走的命运。虽然无从了解事情经过和她的心情，但她因此厌世自杀也不足为奇。

这些都只是他的臆测。尽管重要部分含糊其辞，雪江仍坦白了儿时的罪行，也许只是因为他是萍水相逢的画家，从此以后相见无期，一时心血来潮才会说起。若是这样也好。他无意告发她的罪行，也无意谴责她，他既没有这种权力，也毫无兴趣。

不过，倘若……茂次郎缓缓摇了摇头，不再往下想。无论如何，当务之急是找到雪江。

汤本温泉在离车站稍远处，因为看不到最热闹的温泉街，无法确定那里旅馆的数量，但不会少于二十家，不，三十家。一家一家问过去要花费多久，到底能不能找到雪江，全都是未知数。

为了找出多少能收窄范围的线索，他回想起昨天雪江的话。

线索还是有的——"景色宜人的旅馆"。然而景色宜人与否，取决于主观判断，也取决于季节和房间位置。不知道她所说的"宜人"，是壮观的自然景色，还是小巧的中庭景致。虽然没把握能将范围缩小多少，但她提到关于旅馆的线索仅止于此了。

总比毫无头绪强。茂次郎抬起头左右顾盼，正寻思着应该向谁打听，陡然间一个疑问浮上心头。

为什么是那须的温泉旅馆？

假设雪江打算自杀，为何她会选择此地作为人生的最后一站？如果心存报复忠一郎的想法，直接在昨天的家中自杀更有效果。

那须温泉并不是随意的选择。听她的语气，似乎对那家旅馆很熟悉，以前应该至少去过一次，当时的景色很美，她很喜欢。但她会仅凭这样的理由，就选定自己的殒命之地吗？

雪江的成长经历，在很大程度上可以推测出来。她说绵贯兄弟商店位于御徒町郊外，假定她在细节上没有说谎，她应该是在东京长大的。父亲熊三等三人相继过世后，孤苦无依的她被寄养在亲戚家里，这位收养她的亲戚应该就是熊三的哥哥贞二。从熊三和贞二的名字来看，上面很可能还有长子，但由与熊三最亲近、也同样富有的贞二收养比较合理。如此说来，之后雪江也是住在东京，看不出与那须的渊源。

她讲述的故事里，只有一件事与选择死亡的地点有关。

那就是母亲的死。

据说雪江的生母生下她不久就自杀了。如果自杀的地点就在那须的温泉旅馆，或许她是要仿效母亲之死也未可知。

当然，这一切都是推测再推测，不确定的判断就像在沙子上筑起的楼阁。但作为一种可能性，调查一下也没有损失。

终于得到明确的方向，茂次郎再次环顾车站前方。在遮风挡雨的屋檐下，一个小小的摊位后面，有个男人正蹲着收拾东西。他走过去打了声招呼，男人抬起头，一张脸上刻着无数皱纹。茂次郎心想，今天还真是跟老人有缘。

"已经收摊了吗？"

"要买豆沙包吗？这是卖剩的，便宜点给你。"

"好啊。"

果然如老人所言，开价非常低廉。雨水的气息中，混入了一丝豆沙包的甜香。

"你在这里卖豆沙包很久了吗？"

"很久啦，刚开始我还没这么多皱纹。"

说完，老人被自己的话逗笑了。

"一直在那须的温泉乡？"

"当然了，这种工作不适合不停换地方。"

"从二十五年前经营到现在的旅馆，应该很有限吧。"

既然是雪江出生时发生的事，大致就在这个时间段。再次忙于收摊的老人停下手，将刻满辛劳的脸孔转向茂次郎。他的脸上看不出什么情绪。

"是啊。经营了这么多年的旅馆，确实屈指可数。"

"那时候你有没有听说过，一个年轻女子孤身在镇上的旅馆里自杀？"

老人不假思索地开口。

"啊，那应该是小春屋吧！"

本打算如果老人想不出来，就再放宽条件，没想到如此轻松就得到答案，茂次郎一时不知所措。

"小春屋吗？"

"我是间接听说的。因为那件事发生在我来这里之前不久，没错，正好是二十五年前。有个年轻女子在房间里用鱼头刀刺进胸口，一刀毙命。温泉旅馆这样的地方，偶尔会有殉情事件，不过当时年轻女子是一个人在旅馆。我能想起来的就是这些，不过都是听说,实际情况如何就不得而知了。"

问过小春屋的地址,茂次郎道了谢,正要离去时,老人又开口道:"几年前也有人问过我同样的问题,只是当时我想不起那间旅馆的名字。第二天那人又来我这里,告诉我是小春屋。我这才想起来,没错没错,就是小春屋。刚才我能立刻回答你,也是这个缘故。"

"那个人长什么模样?"茂次郎焦急地问。

"是个二十岁左右的女孩子,生得可标致了。"

那多半就是雪江。

再次简短地道谢后,茂次郎迈步走向正下着冷雨的街道。他将外套举在头顶挡雨。雨水冰冷,但雨势不大,想来不至于淋成落汤鸡。

冷冽的风带着寂寥,和雨点一起拍打茂次郎裸露在外的手。

向窗外望去,只看得到茶白岳等群山微微勾勒出的黑色山脊线。

雪江单肘支在窗框上,死心地叹了口气。嘴边浮现白色的雾气,旋即没入了细雨中。

即使等到早晨,也只能看到冬日凄凉萧瑟的景象,无缘一睹胜景。她想起上次来这里的时候,正是红叶美不胜收的季节。不过若是在夜晚,无论夏天、秋天还是冬天,能看到的景色都差不多。然而天空宛如刷了墨汁般,只有一片深深浅浅的黑,连苍白的月光和星空都看不到,让她有些伤心。

雪江关上纸拉窗,坐在老旧旅馆浸染着幽寂的榻榻米上。

这是她第二次来这家旅馆。

得知母亲生下自己后不久就在那须的温泉旅馆自杀，是在七岁的时候。她不知道是因为熊三拆散了母女俩，还是有其他缘由，也不知道为什么会选择那须的温泉旅馆。

二十岁当女侍的时候，她第一次来到那须。问过几个老人家后，找到了母亲自杀的旅馆。窗外可以看到火红的枫叶，然而她还是不明白，母亲为何选择这家旅馆作为死亡之所。她对母亲一无所知，甚至失去了了解的途径。

彼时，她脑中确实闪过"就此死去吧"的念头。她觉得这是自己与母亲之间唯一的连接。

让她打消念头的，不是对死的恐惧，也不是对生的执着，而是感觉自己还有要做的事。

回过神时，她已经同母亲一样，沦为姜室。

后来发现怀了忠一郎的孩子，当对方告知生下的孩子要抱回家中抚养时，她感到这就是报应。自己分毫不差地重蹈了没有任何记忆和回忆的母亲走过的路。至此她终于晓悟，自己应该选择的路只有一条。

雪江啜了一口泡好的茶，伸手去拿蜜柑。悄然而至的冬夜寒意，让每一个动作都变得僵硬。或许这是对现世的留恋，但她也不甚了然。

生完孩子，向忠一郎提出分手时，他没有挽留。雪江察觉他的心已经转移到新认识的年轻女孩身上。

就在这时，雪江想起了年初遇到的茂次郎。出于自卑、害羞和道义，她有些犹豫，但觉得让他为自己画像，作为最后的纪念也不错。

为何会提起杀害厚司、须美子和熊三的事，她自己也不太清楚。虽然谨慎地隐瞒了自己的存在，但这还是她第一次向人讲述当时的记忆。在茂次郎画像的同时,她强烈地感到这是最后的机会,应该一吐为快。她很想向人倾诉。

蜜柑瓣在口中嚼碎,迸出甘甜的汁液。甜味令她身心舒畅,不容分说地带来幸福感。与此同时,她听到内心深处责备的声音,自己不应该感到这样的幸福。

"我可能活得太久了。"

数年来怀着的悔恨化为白色雾霭,飘浮在冰冷的六畳大房间。

不应该再觍着脸活下去。她没有必须要做的事,不过是重复同样的悲剧。

杀害厚司、须美子和亲生父亲熊三的时候,她就不再有活下去的资格。之后就该立刻,或至少在二十岁第一次来到这家旅馆时自杀。

因为迟迟下不了决断,才会发生新的悲剧。

原打算生下腹中的孩子交给忠一郎后,她就去寻死,但转念一想又觉不妥。这样做会犯下和毫无记忆的母亲同样的过错,这孩子说不定也会杀了某个人。当知道生下的是女孩时,这个想法就更强烈了。

所以,她决定终结以庶女身份出生的女儿的业障。

这是身为母亲所能付出的、最后也最大限度的爱。因此,她已了无遗憾。没有了生存的意义和价值,她不能再苟活下去。

雪江将最后一瓣蜜柑放进嘴里。本想细细品尝,又觉得不适合特别对待,便像往常一样咽下了。至此,带来的蜜柑就全部吃完了。这次没吃到籽。

我活得太久了……雪江再次在心中低语。

她取出准备好的鱼头刀。映着房间的灯光,鱼头刀反射出妖艳的光芒。

将鱼头刀举到面前，刀刃映出的雪江眼神平静，嘴角浮现的微笑看似落寞，又像是满足。

雪江身穿如同寿衣的碎花和服倒卧在地，一朵更大的红花盛开在胸前。仿佛要给冷清的房间增添色彩，在她身旁，孤零零地掉落一把被鲜血染红的菜刀。

茂次郎双膝跪地，撩开半边脸贴在榻榻米上的雪江鬓边的短发，轻轻触碰她的肌肤。虽然还有一丝余温，但毫无疑问她已香消玉殒。

到了小春屋，茂次郎贿赂旅馆老板，打听是否有疑似雪江的妇人今晚在此住宿。问出房间后，他在门外多次呼喊都无人回应，里面也悄无声息，从门缝还能闻到淡淡的血腥味。打开拉门，看到的是想象中最糟糕的情况，浑身是血的她倒在地上，他没能赶上。

茂次郎定定地凝视着雪江。或许是已获得解脱，她的表情异常安详，美得惊人。

一月在冈山相遇时，他就被她自内而外散发的妖艳气息吸引。昨天暌违一年后重逢，她那稍加碰触就会毁灭的危险之美依然如故。

不过昨天离开时，她露出的笑容更令他怦然心动，只觉刚完成的画作陈腐不堪，很想重新来过。此刻他才恍然，那是从长久以来沉沦的黑暗淤泥中，短暂探出脸展露的笑容。

为什么没能在真正意义上拯救她……

从额头到脸颊，再到美丽的尖下巴，茂次郎的手指一路滑过。犹如抚摸陶器的触感，微微唤起悖德的兴奋。

他本可以看破。他本可以救她。

如果仔细听雪江的话，就能察觉其中封存的谎言，如果归途向周遭的住户打听，就会知道她的老爷并不是熊三。今天终于得出的结论，理应昨天就可以确认。

认为这样就能救下雪江或许是种傲慢，但说不定能改变什么，说不定，不用眼睁睁看着她走向死亡。

说起来，她在儿时犯下的罪行没有受到惩罚，一直活到今天，这才是雪江的悲剧。

从这种傲慢的角度来推想，或许她希望有人看穿自己的罪行。一直背负的罪孽太沉重，或许她也想要逃避。虽然不知道她是否有意为之，但若非如此，她不可能主动道出自己犯罪的往事。

而他没能回应她的期待。

茂次郎下定决心站起身，将窗户打开一寸。仅仅这样一道缝隙，就让寒冷的空气在室内打旋，消除了死亡的气息。雨声宛如细碎的涟漪充满房间，冲淡了现实感。

他将手伸进雪江腋下，撑起她的身体，让她靠坐在房间角落。而后，他拿出随身携带的明信片大小的素描簿，全神贯注地描绘起雪江的身影。作为补偿，他希望至少将她最美的风姿，她真正的美，烙印在画里。

此后近一个小时，茂次郎反复画了又丢弃，画了又丢弃。他的想法无法实现。

他折断铅笔，抛开素描簿。

无论姿容多么美丽，尸体终究只是尸体，其中没有栖宿灵魂。这是不言自明的事。对着尸体画不出活人，也是再明白不过的道理。

折断的铅笔掉落在染血的老旧榻榻米上,茂次郎瞥了一眼,沉沉地叹了口气。自己无能为力,迁怒于物品也无济于事。

茂次郎将已经逝去的雪江的身影,深深印在脑海里。

总有一天,他一定要完成雪江的画像。这是他对她的赎罪。

为此,他必须描绘与雪江一样犯下罪行的女人。

如果再遇到与雪江有相同气息的女人,散发出浓郁犯罪气息的女人,他一定可以察觉。到那时,他必须揭露她的罪行,然后亲笔画出她获得解脱的真正的美。

他确信只要坚持这种做法,笔下的女人将会既有颓废的尖锐,又有清澈的柔和,兼具两种截然不同的魅力,呈现出前所未有的美。

茂次郎站起身,想尽早画出代替雪江的女人。他意识到自己已成为沉迷绘画的俘虏。

但在此之前,必须先报警。也许他会受到怀疑,但不能逃避。他的名声应该能帮上忙。无论如何,他不打算说出雪江坦白的昔日罪行。雪江因失去孩子而伤心自杀,自己从昨天的对话中察觉有异,追到这里——这样一套说辞应该足以应付了。

茂次郎抱起雪江,让她再次躺到榻榻米上。清冽的寒气萦绕不去,仿佛要将她的美永久封存。

她所走过的路,绝不会被原谅。

她所走过的路,绝不算是幸福。

茂次郎希望,至少此刻,她与渴望的幸福梦想相依相伴。

徒花微笑(承前)

"——小姐，鹫尾小姐。"

听到呼唤，鹫尾鸫回过神来。眼前是白衣女子的画作。这里是洒满午后的温柔阳光、面向窄廊和庭院的房间。带着草木气息的和风吹过，风铃发出沁着凉意的声音。

鸫抬起头。老人皱着眉头，露出困惑的笑容。她也向这个家的主人清水万寿夫笑了笑，掩饰自己的难为情。

"不好意思，我是走神了吗？"

"是啊，不过就那么一瞬间。您是累了吗？"

"不，不是这样的，我好像看这幅画——"鸫低头一瞥嫣然微笑的女子，"看得太入迷了。"

"这幅画确实充满了不可思议的魅力。"万寿夫点了点头，喝了口麦茶润喉，"接下来，就是关于这幅画的故事了。在此之前，可以判定这幅画是真迹吗？"

"啊——"

竟然忘记鉴定真伪，鸫不由得吃了一惊。尽管感到在画作的魅力面前，真伪根本不是问题，但既然以美术馆学艺员的身份来访，这种话自然说不得。向万寿夫打过招呼后，她调动理性，以冷静的目光重新审视。

这幅画与画家迄今为止的代表作有所不同。笔触写实，整体还是接近晚年的风格，却又有着独一无二的氛围感。不过，毋庸置疑是真迹。这幅画包含了他作为画家的毕生积累，与任何时期的画风都不一致也理所当然。笔致、脸和手的画法、画面的平衡与配色也都没有违和感。慎重起见，她还仔细查看了签名。但用不着确认那种东西,赌上身为见过他诸多作品的学艺员的自尊,她可以断言这就是真迹。

话虽如此,在这种场合措辞还是要相对委婉。

"我想可以判定是真迹。"

万寿夫闻言,落落大方地点了点头。

"太感谢了。遗憾的是,这幅画背后没有什么故事。画作的模特儿是我的祖母雪江,但她与茂次郎先生有何渊源,我也不清楚。"

"令堂由起子女士也不知道吗?"

"好像是。因为家母从未见过她的亲生母亲雪江。"

鹈皱起眉头。"这是怎么回事?"

"对了,鹫尾小姐,您听说过一位叫逢川雪乃的女演员吗?"

"逢川雪乃?"突如其来的问题让鹈不知所措,她试着搜寻记忆,却全无印象,只得轻轻摇头。"抱歉……"

万寿夫顽皮地一笑。鹈不由得想,他年轻时多半很帅。

"不,应该道歉的是我。这个问题太刁钻了,因为她只在'二战'前活跃过一段时间。那是家母由起子以前的艺名。"

"啊,原来是这样。"

虽然从话题的走向已经有所预感,但这个事实还是令她有些惊讶。

万寿夫以沉静的语调道出母亲的生平。

由起子出生于大正三年,是个孤儿,被米商收养长大。养父母很和善,对她视如己出,十分疼爱。后来她才知道,由起子这个名字是生母为她取的,这是她唯一得知的事,连养父母也对生母的情况一无所知。

由起子从小就被公认容貌出众,昭和三年她十四岁时,进入东京松竹乐剧部成为第一期训练生。那是日后与宝塚少女歌剧团共同创造歌舞剧全盛时期的剧团。

据说艺名逢川雪乃的由起子人如其名，特色是肌肤白皙如雪。登上歌舞剧舞台的她，不仅有妖艳的美貌，也有高超的唱功，作为剧团的招牌女演员十分活跃。然而在歌舞剧人气达到顶峰的昭和九年，她突然引退，战后也不再回到舞台，从演艺界销声匿迹了。

"这就是女演员逢川雪乃的一切。她似乎也是在从艺时期遇到茂次郎先生的。不过，他说很久以前就知道家母，具体情况我就不清楚了。

"之后，就像我刚才说的，他在去世的前一年突然带来了这幅画，声称'这是你母亲雪江小姐的肖像画'。家母当时第一次得知其生母的名字，当然也追问了他与生母的关系，但他避而不答，也绝口不提雪江是怎样的人，只说'这幅画是我的赎罪，我终于能画出来了'。"

此后，他再未出现在由起子面前，翌年昭和九年，他因病去世，年仅四十九岁。

"家母认为他的话的确是事实。您不妨看看这里。"

万寿夫指着画作的中央附近。

"腰带绑绳上系着兔子造型的土铃。除了由起子这个名字，这是生母唯一留给家母的东西。他应该没有机会知道这件事。"

说完，万寿夫拿出与画上一样的兔子造型土铃。只是与画上纯白的土铃不同，岁月的浸染让兔子蒙上了一层灰色，与风铃不同的轻快音色响起。

"这就是关于这幅画的全部故事。"

即使在这个明媚的房间里，万寿夫的话语也平添了几分落寞的气息。

对他而言是赎罪……

鸫望向矮桌上微笑的雪江，全然不解这句话的含义。但这时她才初次发觉，雪江的笑容是为人母者的笑容。虽然不了解背后发生了什么事，但这是一个思念着生别离的女儿，满怀怜爱凝望的女人。

万寿夫温柔的声音再次响起，鸫一边凝神注视着画作，一边听他说话。

"家母非常喜爱这幅画，一直挂在自己的房间。所以，我想她一定不恨生母。"

"由起子女士——"仿佛代替画中的雪江，鸫翕动嘴唇问道，"后来过着怎样的人生？"

"没什么值得一提的。退出演艺界不久，家母就和一位银行职员结婚了，也就是我父亲。虽然是恋爱结婚，但以创造了一个时代的女演员来说，她选择的结婚对象真是太平凡了。"

万寿夫自嘲似的淡淡一笑。

还有一件事是非问不可的。

"由起子女士她，过得幸福吗？"

万寿夫依旧浅笑着，充满自信地缓缓点头。

"由我这个儿子来说有夸口之嫌，不过我想是幸福的。家母晚年多次说过，她拥有温暖的家庭，虽然不免经历了许多悲伤痛苦的事情，但总的来说是充满幸福的人生。"

这样啊，太好了……

虽然今天第一次听说她的名字，素未谋面也毫无渊源，奇异的是，鸫却从心底涌起这种感慨。她感到愉悦又满足。

然后，她不禁想象由起子的母亲、画中微笑的雪江，她又经历了怎样的人生？

　　雪江为何会与亲生女儿分离？之后她的遭遇如何？她是何时遇到茂次郎，两人又是怎样的关系？他所说的"赎罪"是什么意思，为何会画她的肖像画？"终于能画出来了"是什么意思？在画这幅画之前他经历了什么？

　　鸫心中疑问重重。

　　然而，每个疑问都不是靠思考就能得到答案的。但鸫心里也有种清醒的感慨，觉得这样也好。无须言语或说明，画家与被画者所有的情思都收藏在画中，只要真诚相对，我们就能感受到。

　　如果这幅作品在美术馆展出，定会令无数人倾倒。想象着必将到来的未来，鸫不禁暗自兴奋不已。

　　画中的雪江吞没了所有思绪，嫣然微笑。

　　自今而后，永恒如是。

《CHIRIYUKU HANA》
© Keiichi Kakoya, 2017
All rights reserved.
Original Japanese edition published by KODANSHA LTD.
Publication rights for Simplified Chinese character edition arranged with KODANSHA LTD.
through KODANSHA BEIJING CULTURE LTD. Beijing, China
本作品由日本讲谈社正式授权，版权所有。未经书面同意，不得以任何方式做全面或局部翻录、仿制或转载。
Simplified Chinese edition copyright: 2025 New Star Press Co., Ltd.
All Rights Reserved.
著作版权合同登记号：01-2024-5531

图书在版编目（CIP）数据

繁花将逝 /（日）伽古屋圭市著；李盈春译 .
北京：新星出版社，2025.2. — ISBN 978-7-5133-5881-1

Ⅰ . I313.45

中国国家版本馆 CIP 数据核字第 20254GJ352 号

午夜文库
谢刚 主持

繁花将逝

[日] 伽古屋圭市　著；李盈春　译

| 责任编辑 | 赵笑笑 | 责任校对 | 刘 义 |
| 责任印制 | 李珊珊 | 装帧设计 | @broussaille 私制 |

出 版 人　马汝军
出版发行　新星出版社
　　　　　（北京市西城区车公庄大街丙 3 号楼 8001　100044）
网　　址　www.newstarpress.com
法律顾问　北京市岳成律师事务所
印　　刷　北京美图印务有限公司
开　　本　910mm×1230mm　1/32
印　　张　6.875
字　　数　155 千字
版　　次　2025 年 2 月第 1 版　2025 年 2 月第 1 次印刷
书　　号　ISBN 978-7-5133-5881-1
定　　价　52.00 元

版权专有，侵权必究。如有印装错误，请与出版社联系。
总机：010-88310888　　传真：010-65270449　　销售中心：010-88310811